國家不幸詩家幸

◉黃守誠 著

遠流

國家不幸詩家幸

作　　者／黃守誠
責任編輯／游奇惠
發 行 人／王榮文
出版發行／遠流出版事業股份有限公司
臺北市 100 南昌路 2 段 81 號 6 樓
郵撥 / 0189456-1
電話 / 2392-6899　傳真 / 2392-6658
香港發行／遠流（香港）出版公司
香港北角英皇道 310 號雲華大廈 4 樓 505 室
電話 / 2508-9048　傳真 / 2503-3258
香港售價 / 港幣 66 元
法律顧問／王秀哲律師・董安丹律師
著作權顧問／蕭雄淋律師
2003 年 10 月 16 日　初版一刷
行政院新聞局局版臺業字第 1295 號
售價新台幣 200 元　（缺頁或破損的書，請寄回更換）

ISBN　957-32-5057-8

YLib 遠流博識網
http://www.ylib.com　E-mail:ylib@ylib.com

目次

自序

我少時雖熱愛詩文，偶喜塗鴉，而文壇之夢是從未想過的。但天下常有意外之事，我竟走上這一艱辛的道路。而且，已跋涉達半個世紀了。

然而，更不曾想到的是，在文學的途徑上，最早（一九四九）迎接我的卻是一位傑出的詩人——楊喚。他也是批評我最多的人。只可惜「相逢離亂裡」，僅僅三年時光，他竟遭車禍而撒手人寰了。現在，楊喚留在世間的唯一照片，乃是我們（楊喚、李含芳、李選民及我）偶然興起，在和平東路師大附近一家照像館所拍攝的。豈知這張「偶然的照片」，卻對中國文學史做了不小的貢獻。否則，世人便無法「認識」這位傑出詩人的風貌了。

柏楊，我還是稱他本名郭衣洞吧！若就我在文壇上相識的朋友先後排列，大概在第三、第四之間。先前，我便讀過他刊於《自由中國》雜誌上的一個短篇小說〈幸運的石頭〉。由於故事及筆調均有特色，我曾向識者津津樂道。沒想到竟在聶華苓女士的一次邀宴中和他相識了。時間大概在一九五四年的秋天。不知是何緣分，很快的便熟識起來，很快的還拜訪了他的家。我們同是豫北人，但這點地域上的關係，絕不是使我們「熟識」的主要原因。

我那時還年輕。對衣洞的小說，有時「不客氣」的隨意批評，刊之報端。最主要的因素是，他非常容忍我的若干淺見，甚至被轉刊於他的大著之中。不像某些作者，總認為「讚美」的程度不夠，而「批評」的語句卻又太多，令我有難於執筆之憾。

但沒有想到的是，以後（一九五八）他的小說產量少了，轉而致力於雜文的創作。對熱愛小說的我而言，不免有點失望。……最不幸的，他竟以文字賈禍，陷身牢籠達十年之久。

他的全部小說，於出獄後（一九七七）不久便再度公開印行了。最令人驚異的是，稍後有一部《柏楊詩抄》（編按：此書於《柏楊全集》整編時，已更名為《柏楊詩》）——在獄中斷續完成的古典詩詩集，呈現於萬千讀者之前，而且獲致桂冠詩人的榮譽。

楊喚是現代詩的傑出詩人，早已為中外文壇所肯定，為史家所認同。我在四十餘年前，當他在台灣去世後不久所出版的《風景》中，便作了上述的評論。但歲月愈晚，才發現楊喚的成就，遠超過我的預期。有些作品，直至現在，始有恍然大悟之感。在如此心緒之下，我乃有斷斷續續談論楊喚的文章出現。無他，只是稍補前過而已。

更沒想到對於衣洞的小說，我竟也有類似的感受。原來以為「深知」的，今始發覺僅是陋見而已。當我再讀時，感到自己倒因而「長進」了不少。他的特殊的文學風格，一似他的為人。「這是經得起考驗的作品。」我如此自語，因為歲月又邁過了四十年。他寫人、寫事、乃至主題、遣辭與譬喻，總有其「不與人同」的風格。而風格一向是我最注意的文學精神。

而他的小說素材，則非常多樣化。對讀者具撞擊力，有如匕首或銳箭。你縱然想躲避，也是不能倖免的。試看〈西吉嶼〉這篇小說中華桐的控訴：

「金先生，」華桐瘋狂的抓住老頭子的領口，「一個人的感情，是不是到了只認識錢的地步，才算成熟。」

這類銳如戈矛般的情節、口語，只是特色的一角。

《柏楊詩抄》以古典詩形式問世，最初曾令我疑慮。雖然我知道衣洞有很好的舊學造詣，但如今而寫古典詩，畢竟不怎麼「合時宜」了，故當我初次閱讀時，且正為瑣務纏身，竟而未曾多加注意。直到那年（一九九三）秋天，我旅居太平洋彼岸的美邦，恰值楓葉凋落、雁鳴長空之際，美景中有些淒涼意；雖非被放逐的孤臣，但確有屈子的哀愁。再讀《柏楊詩抄》時，竟然百感交集起來。它使我瞭解了作者的卓絕風骨。他出之以古典詩的形式，卻運用得老健嫻熟。意境的豐盈，不讓前賢。這本真正以血淚凝成的詩集，使我想起趙翼《題元遺山全集》的詩句：「國家不幸詩家幸，賦到滄桑句便工。」原計是想對他的小說作評論的，誰知竟又以大部分的時間，從事對《詩抄》的探索了。

而對《詩抄》的探究，使我更領悟了近人葉公超的觀點，他於〈論新詩〉中說：

格律是任何詩的必要條件。惟有在適合的格律裡，我們的情緒才能得到一種最有力量的傳達方式；沒有格律，我們的情緒只是散漫的、單調的、無組織的，所以格律本不是束縛情緒的東西，而是根據詩人內在的要求而形成的，假使詩人有自由的話，那必然就是探索適應於內在的要求的格律的自由。恰如哥德所說，只有格律能給我們自由。

對於格律的肯定，可說再深刻不過了。《詩抄》出之以古典詩的形式，不論就文學或政治言，都是最好的選擇。

然而，對《詩抄》作評論，卻是一項艱鉅的工程。海外欠缺參考典籍，每每時寫時停，有時竟如走在十字街頭，失去旅伴，不知應否繼續邁前。我只好帶了殘稿，返至台灣，於往賢巨著中，再尋典型。……殘篇再度攤放案頭，而文思卻亦湧現而來。約莫二十來首的舊詩，我竟作了約四萬言的評論，是完全不曾想到的結局。有些詩，譬如〈鄰室有女〉吧，經由樸實真摯的辭句，就像是一幅幅悽慘悲涼的圖畫；或者竟如當時的人物，出現於我的面前。是的，生活即文學。在生死難卜時日中寫出的詩篇，自有其千錘百鍊的境界。

過去，我曾寫過若干篇關於楊喚的論述，而且數次編注了他的專集和全集。遺憾的是所有這些文字，他全不能見及了。

而今，我欣然於在時斷時續，前後長達十五年的歲月裡，終於完成了這部《國家不幸詩家幸》的集子。這是一位文學工作者應該完成的業績。何況衣洞能夠見及？又有相互切磋的時光。

一九九八年五月末於美國・印第安那州・拉法葉城

國家不幸詩家幸

一、獄中詩與敘事詩

柏楊以雜文、史學名世，我獨喜愛他的小說，並且曾兩次為文評析。他的詩創作甚晚，而且是所謂「古典詩」，知者極鮮。除了極少數友好外，也少人注意。十三年前，我初次讀到《柏楊詩抄》（編按：此書在台灣發行，前後共有四個版本。分別是：一九八二年四季版；一九八四年學英版；一九九二年躍昇版；以及二〇〇一年更名為《柏楊詩》的遠流版。各書文字略有出入），便為之震撼久之。在閱讀上，我是個多事者。若是感人肺腑之作，要我沉默不聲不響，是極其困難的。而《柏楊詩抄》，即屬於此類。

但我當時並未執筆發揮。最主要的原因，一是由於心緒起伏，二是感到這樣的大作品，不該輕率論之；必須慢慢的再發掘，以免流於浮泛。

現在，十三年的歲月在彈指間過去。柏楊的文名早已遍天下。世有「詩人是寂寞的」之語，其信然乎？

柏楊在本書〈後記〉（編按：《柏楊全集》整編時，移至書首為〈序〉）中說：

俗云：「痛呼父母，窮極呼天。」前者是兒童感情的餘緒，後者是成年後逢到絕境時的心聲。當哀呼時，只是一種哀呼，忘我的哀呼，沒有人還管那哀呼合不合韻律。發之於詩，也是如此。

這段文字，最不可輕視。要瞭解柏楊的《詩抄》，首先要自「痛呼父母，窮極呼天」八個字來探索。〈後記〉寫於一九八二年一月一日。十年之後，他因《詩抄》而獲得「國際桂冠詩人」的榮譽。稍後，《詩抄》也以更為精美的版式再版問世（編按：指一九九二年躍昇版）。在新版本中柏楊有一單張「附言」云：

我永遠不會忘記六〇、七〇年代那段恐怖日子，但也慶幸那個恐怖日子一去不返。個人的傷害無法補救——上帝無法再把女兒變成稚齡，繞膝奔跑。但國家的命運，經過多少眼淚和哀號的獻祭，終於轉化成今天的自由民主。而今，把祭壇上的詩篇呈上一冊，請你收下，作為紀念。雖然我已垂暮，但家國之愛不改。並為你多少年來賜給我的友誼，深致感謝。

這是一九九二年十月間夾在書中寄來的。時光荏苒，瞬息又三年有半，我讀著讀著，竟有泫然欲泣的傷痛。試想「上帝」不能改變的事實，該是何等難能可貴啊！然而在「命運」的擺佈下，他竟成了飾演此一悲劇的主角。

職是之故，《柏楊詩抄》也可名之為獄中詩。在歷史上，文人、學者的獄中著作原就不多；自西漢鄒陽、南朝范曄、及駱賓王、李白、蘇東坡，迄文天祥等數人而已。此外如南唐後主李煜的詞，其國滅後的作品，當然也屬之。

不過，正因其少，更顯得不易為，也更顯得珍貴。在少數的獄中詩中，又多為言志之作。蓋身陷囹圄，壯志未酬而欲伸也。又因言有未便，乃多托物之辭，試觀駱賓王〈在獄詠蟬〉的序文所云：

……每至夕照低陰，秋蟬疏引，發聲幽息，有切嘗聞。豈人心異於曩時，將蟲響悲於前聽……

而其志則係「無人信高潔，誰為表予心」，但也僅此一首而已。他如李白、蘇東坡、文天祥，乃至晚清譚嗣同輩，亦莫不如之。柏楊以長達十年之牢獄生涯，不僅完成史學著述，抑且有大量的詩篇，記其不幸，可以說為「獄中詩」作了開天闢地的營造。他使用了多種風格，用藝術的手法，記錄了近代政治史上悲慘的一角。

全書分上、下兩輯（編按：《柏楊全集》整編時，加入出獄後十二首為「後輯」），包括詩四十首，詞十二首，外加〈附錄〉友人所作數首，而以〈冤氣歌〉開其端。全書的詩作，可約略分為三類：敘事、抒情及言志。〈冤氣歌〉之屬於敘事，自無疑問。至於「詞」的部分，則當另文論之。

非常顯然，此詩為柏楊之力作，可名之為「史詩」。文天祥的〈正氣歌〉當是〈冤氣歌〉成詩的背景。他用反諷的技巧，對於千古冤獄，作了深而有力的抨擊。詩凡七十二句，較〈正氣歌〉尚多十二句。至於遣詞造句的形式，也大率仿信國公所用之結構。尤其是在緊要關頭，或全句、或半句使用〈正氣歌〉的句型，極自然的達到「相反相成」的效果。為他的冤獄，作了最嚴正的宣言。此一長詩，不僅說明了柏楊的劫難真相，抑且為《柏楊詩抄》作了概略瞭解的注解。詩中如「在下為石板，在上為石頂」，「時窮苦乃見，一一服上刑」，更有四兩撥千斤之妙。而且，一如〈正氣歌〉之使用典故，柏楊也引用了八、九處之多。遺憾的是，竟以「在魯少正卯，五罪畢其命」為其首。引例旨在「服人」。但孔子誅少正卯事乃司馬遷《史記．孔子世家》所誤引，初見於《荀子》；而《荀子．宥坐》所指少正卯的罪狀為：「心達而險，行僻而堅，信偽而辨，記醜而博，順非而澤。」這一類型人物，於戰國時代乃社會卑棄之人。且有清之崔述（一七四〇～一八一六）便懷疑其不可信，有云：「春秋之時誅一大夫非易事，況以大夫而誅大夫乎？孔子得君不及子產遠甚。子產猶不能誅公孫黑，況孔子耶？」言之有理。而近代史學家錢穆，也頗疑誅少正卯一事，認為可能係駟歂殺鄧析之誤。錢著《先秦諸子繫年》，言之尤詳，於此不再多及。

總之，孔子誅少正卯乃一疑案，是非未有定論。敘事引史旨在引起共鳴。孔子為中國歷史上的至聖先師，在文化思想界，幾已全然肯定。在沒有肯定的共識之前，似乎不宜驟加以嚴厲的惡名。否則，造成相反的效果，便難以避免了。

不僅如此，就是典故，也不宜作太多的使用，以免阻礙了詩本身對讀者的震撼性。歷來膾炙人口的著名詩篇，大多避免繁複的故實。由《詩經》而漢、魏以至李、杜等作家，大率求其詩句之淺易，而努力於意境之淳厚。晚清「戊戌六君子」之一的譚嗣同有〈獄中題壁〉詩一首，便因「典故」之使用，導致以生命完成的詩篇，發生小小的疑案，有云：

望門投止思張儉，忍死須臾待杜根。
我自橫刀向天笑，去留肝膽兩崑崙。

悲壯之氣，令人為之泣下。梁任公於《飲冰室詩話》曾表讚賞云：

譚瀏陽（嗣同，瀏陽人）獄中絕筆詩，各報多登之。日本人甚至譜為樂歌，海宇傳誦。

美中不足的是，詩中處處用典，又無注解可考。時至今日，我們仍不知「兩崑崙」一詞之含意，究作如何解釋。其弊在於曖昧。須知任何藝術的宗旨，不外動之以情、說之以理兩端。不能使人在瞬息之間點燃起愛、憎的火種者，應為憾事之一。

但〈冤氣歌〉之傑出成就，不會因而褪色。若與〈正氣歌〉相較，卻另有千秋在。柏楊在詩中雜以幽默、靈活的口語文句，使他和讀者之間，無形中化為一體。而現代政治（情治）上的卑惡一面，若不出之當代的詞彙，則難於令人有身歷其境的痛切感。詩中「初云政治決，繼云恕道行；三云洗個澡，四云待人誠。好話都說盡，臨了變猙獰」數句，在尖刻中有悲憤；在輕蔑中有控訴。簡言之，一代有一代的語言，匪此難以狀其風貌。最後六句，則顯示了柏楊的卓絕精神：

蒼天曷有極　悠悠我自清
冤魂日已遠　生魂憐典型
囚室空對壁　相看兩無聲

冤獄十年，使原本精於雜文的柏楊成為「詩人」，並且是榮獲國際桂冠的詩人。《

詩抄》之出現，顯示了柏楊之孤高、堅苦的風貌。在極其不幸的歲月中，流露於字裡行間者，竟是最為美善的情思。〈冤氣歌〉之末僅用「囚室空對壁，相看兩無聲」淡淡兩語，表現了他的無奈與抗議。

柏楊的果決不屈，更有〈聞判十二年〉可證，詩云：

刀筆如削氣如虹　群官肅然坐公庭
昔日曾驚鹿為馬　至今忽地白變紅
兀臬有權製冤獄　書生無力挽強弓
可憐一紙十二年　迎窗冷冷笑薰風

而在詩題之後並注有「判決書：姑念情節輕微，免死，處有期徒刑十二年」等字。全詩八句中，我們體味到他以全然卑視的控訴，對掌權者表示諷刺和嘲笑。「一紙十二年」，竟以「冷冷笑薰風」對之，是何等氣魄！

《許彥周詩話》云：「詩壯語易，苦語難。深思自知，不可以口舌辯。」在極其絕望悲苦的情境之中，柏楊表現了知識分子的堅苦氣節。他有無盡的悲涼和辛酸，但終於忍受下來。複雜而不幸的遭遇下，他依然不屈不撓，非常技巧的運用了中國語文的藝術特質。詩中「削」、「虹」、「肅然」等，原是正面的讚詞，而在此處則衍化為最大的斥責與嘲弄。三、四兩句，其一為引史，其次為證今，都作到含蓄而鋒利的極致。而五、六、七、八等四句；則採用了對比的形式，加強了震撼和擴張的影響。

在上述的詩句中，我們發現一個陌生的文字：「貇」。查閱中文字典及辭書，均不得其蹤跡。後據柏楊透露，原係他「創造」的「新字」，蓋恨當道者之「如豬似狼」也。說到造字，在西方幾乎是司空見慣，蓋社會日新月異，需要共同認知的符號，方便相互間的溝通。但似乎有個法則，即先在口語間由大眾傳播，然後依聲為詞，即如原來少數人使用的「棒」字，今已通行全國，形容「好極了」之意。據傳最初僅流行於北京地區。考證家說是此「棒」乃八國聯軍之後，漸漸流行。「棒」乃一法文「好」之譯音而已。

但文學作品，尤其是詩中，實不合宜。五千年間演變而來的中國文字，表情達意上已不需要再創造的了。黃山谷謂：「老杜作詩，退之作文，無一字無來處。蓋後人讀書少，故謂韓、杜自作此語耳。古人能為文章，真能陶冶萬物。雖取古人陳言入翰墨，如靈丹一粒，點鐵成金也。」（《苕溪漁隱叢話》上・卷八）此一原則我是相當信服的。

而《蔡寬夫詩話》亦云：

> 天下事有意為之，輒不能盡妙，而文章尤然。文章之間，詩尤然。詩乃有日鍛月鍊之說，此所以用功者雖多，而名家者終少也。

最重要者，自行所「造」之字，缺乏認同的基礎。既無「認同」，則基本上此一新字已無生命與情感之可言。似此，則何貴其「創造」哉？

況且，直接的斥罵，何如訴諸史實？何如訴諸文學？造字乃眾人之事。詩人要營造的只是藝術與真理。且陸機〈文賦〉云：「詩之用，片言可以明百義。」傑出的詩文大家，一如天才橫溢的大導演，雖是平凡的角色，他仍可使之作生命的特殊發揮。

不過，自另一方面言之，卻也可以說明柏楊的執著。李唐詩家劉禹錫題〈九日〉詩，欲用「糕」字，因《六經》中無「糕」字，遂不敢用。有明江盈料便責以缺乏「詩膽」。有云：

> 夫詩人者，有詩才，亦有詩膽。膽有大有小，每於詩中見之。（《江盈料集》下冊，頁八〇八）

又云：

> 《六經》原無「椀」字，而盧玉川〈茶歌〉連用七個「椀」字，遂為名言。是其詩膽大也。（同前）

故柏楊對字之「創造」，或亦為「詩膽」之大者乎？而自詩評言，我們還是期期以為不可的。

而書中〈囚房〉、〈小院〉及〈重逢〉等敘事詩，充分描述了監獄的黑暗及人命的微賤。有些句子讀來，使人觸目驚心，「天低降火類爐灶，板浮積水似蒸湯；起居坐臥皆委地，呻吟宛轉都骨僵。」（〈囚房〉）。只有身歷之人，方能寫出，方知心酸。至於「身如殘屍爬黃蟻，人同蛆肉聚蟑螂；群蚊叮後掌染血，巨鼠囓罷指留傷。」（同前），更超過了文天祥〈正氣歌〉所述的慘痛。這些情景，用「不忍卒睹」都不足以形容了。豈止柏楊一人之不幸哉？

然而，縱然如此黑暗的環境，如此恐怖的歲月：「暮聽狂徒肆苦叫，晨驚死囚號曲廊。」柏楊卻發現人類的善良及不屈精神：「欲求一剎展眉際，相與扶持背倚牆。」（同前），把諸多不幸的慘劇，用最經濟的手法濃縮起來，使讀者自然震驚不已。最後兩句更顯示出全詩的境界，一般詩家便難以望其項背了。

柏楊在敘事詩中，顯然有老杜的痕跡。老杜〈哀江頭〉詩有云：

> 明眸皓齒今何在，血污遊魂歸不得。清渭東流劍閣深，去住彼此無消息。人生有情淚沾臆，江草江花豈終極。黃昏胡騎塵滿城，欲往城南望城北。（《杜少陵集注》卷四）

杜甫將陷賊期間的亂象，以「取樣」的方式，凸顯給萬千讀者。《詳注》引王嗣奭之言云：「『曲江頭』乃帝與貴妃平日遊幸之所，故有宮殿。公追溯亂根，自貴妃始，故此詩直述其寵幸宴遊，而終以血污遊魂，深刺之以為後鑒也。」柏楊本人身陷牢獄之中，比杜甫不幸十倍。以〈小院〉中所見眼前的悲慘事實，向人間作沉痛的呼號，有云：

小院黃昏密密燈　正是人間兩死生
男子剝衣坐冰塊　女兒裸體跨麻繩
棉巾塞口索懸臂　不辨叱聲與號聲
暫罷稍休候再訊　只餘血淚淹孤燈

八句全為寫實。萬千讀者豈能不為之憤慨、而一掬同情之淚？「不辨叱聲與號聲」，「只餘血淚淹孤燈」，何等婉轉，又何等慘痛。

而敘事詩頗不易作，東坡老弟子由便批評白居易不善此道，有云：

杜陷賊時，有〈哀江頭〉詩，予愛其詞氣，若百金戰馬，注坡蓦澗，如履平地，得詩人之遺法。如白樂天詩詞甚工，然拙於紀事，寸步不遺，猶恐失之，所以望老杜之藩垣而不及也。（見《杜詩詳注》卷四·〈哀江頭〉注引）

子由之見，是也。敘事詩應長於「提要鉤玄」，更應長於表陳識見。否則，何貴乎為詩哉？

柏楊的敘事詩中，〈重逢〉最有光芒。第一是詩題的選擇，便見匠心；其次深得「提要」之道。全詩十六句，使我們充分感受到囚犯面臨的變化莫測之悲慘世界。「重逢」原應是興奮、愉悅的。何況我們一向把「他鄉遇故知」列為人間樂事之一呢？但作為牢獄之中的人則不然。「相見不如不見」才是他們的渴望。因為他們的〈重逢〉是這樣的：

君自泰源來　我自景美至
昔日同鐵窗　今日再逢此
承君頻詢問　告君別後事
某人尚未判　某人鐐壓趾
某人定無期　某人已伏死
某人妻絕裾　某人母歿世
某人女淪落　某人子乞食

此詩全以「平淡」出之，故更加強了事實的寥落氣氛，和撼人之力量。「平淡」的境界於敘事詩，尤其重要。連用八個「某人」，正如八幅圖畫，一幅比一幅淒涼又悲慘；又如身臨戰陣，八個「某人」，直如連續不斷的炮火引發，使人喘不過氣來。最後兩句，則如黃昏撫琴，嘎然中斷；頗似「人去樓空」的場景，令人空自憑弔了。當萬重不幸臨身，只能「相勸莫淚濕」時，這是何等淒涼的世界啊！

也可以說，「平淡」造成了此詩的成功。宋代大家梅聖俞有〈和晏相（晏殊）〉詩：「因令適性情，稍欲則平淡。苦詞未圓熟，刺口劇菱芡。」便充分說明了「平淡」之不易。柏楊此詩，可以不朽了。

而在多首敘事詩中，我們大略可以勾勒出柏楊的獄中生活，雖然「我來因弄筆」而遭牢獄之劫，但他全不在乎，「尚存一息仍吟詩」。這和歷史上的大作家的個性，如出一轍。宋代葛立方《韻語陽秋》卷三有云：

自古文人，雖在艱危困踣之中，亦不忘於製述。蓋性之所嗜，雖鼎鑊在前不恤也。況下於此者乎？李後主在圍城中，可謂危矣，猶作長短句，所謂「櫻桃落盡春歸去，蝶翻金粉雙飛。子規啼月小樓西……」，文未就而城破。蔡約之嘗親見其遺稿。

但在柏楊看來，詩與文與史，似乎與他合而為一了。在〈我來綠島〉中，首云：「我來綠島時，狀如待烹狗。」末云：「歷盡三晝夜，仍見笑開口。」；〈我在綠島〉中，首云：「我在綠島時，改服黑衣裳。」末云：「不知人世事，唯懷父母邦。」凡此在在表示了他曠達不屈的意志，超乎凡輩。否則，又何以為詩與為史哉？故為詩為文，須有鋼鐵意志在。否則，不足與言詩也。

但這種「鋼鐵意志」何自而來，卻要如愛默森（Ralph Waldo Emerson）這般思想家來作分析了，他說：

自信是英雄氣質的基本要素。英雄氣質是靈魂處於戰鬥之中；它的終極目標是對錯誤和愚蠢的最後反抗以及能夠忍受惡可能加予它的一切痛苦力量。它敢於說出真理，所以它是正面的，它是慷慨的，仁慈的，溫和的；瞧不起微不足道的斤斤計較。對遭受別人之藐視也毫不重視。

柏楊在十年的牢獄中，之所以不屈不撓，自這段文字中，我們方可以瞭解。他表現出人性中少見的「英雄氣質」。萬千弱者之輾轉吟呻、終於屈服者，我們也可知其「根結」所在了。

然而愛默森還有更深刻的探索：

它堅持不屈，它有不能挫折的勇敢，有永不衰微的勇敢。它所嘲笑的是日常生活中的渺小。

如今，愛氏離開世界已一百零五年了。讀了《柏楊詩抄》，不能不驚異早在百年以前，柏楊已有一位在太平洋彼岸的知己了。

〈冤氣歌〉和〈聞判十二年〉等詩，大約成於入獄之初吧？若干偏執、憤懣之氣，是顯而易見的。他有意的表示抗議，也是不能自掩的。但因其「有意為之」，遂有難於自然之憾。至於〈除夕〉一首，便流露圓熟，有入木三分之工。首六句寫獄中的除夕生活，將囚徒們的「飛揚意氣」，刻畫殆盡：

鞭炮斷續逢除夕　席地舉盃共進觴
楚囚相對無人泣　丹橘釀酒下迴腸
似醉還畏獄吏責　回頭更覺意徬徨

若自字面上觀之；似乎頗有「意氣飛揚」之勢。實則，非也。「無人泣」者，正是「打落牙齒和血吞」之痛，正是暗自飲泣之反照。他們生活在極端恐怖中，即使已經飲醉了，還擔心獄吏的呵責，況在清醒之中乎？清・吳雷發云：「詩須得言外意，其中含蘊無窮乃合風人之旨。故意餘於詞，雖淺而深；辭餘於意，雖工亦拙；詞盡而意亦盡，皆無當於風人者也。」（《說詩菅蒯》）。柏楊已深得此道了。

〈除夕〉一詩由第七句至第二十句，則是描寫獄中虐政的。自「人權」之剝奪到挫骨的毒詈、乃至「坐冰、壓趾」的苛刑，無不膽破心驚。這是最客觀的寫實。但願在二十多年之後，應是絕跡的往事了。

而此詩的佳處，則在結尾四句，它達到了「意在言外」的藝術極致；「鼻息均勻人已睡，孤魂何曾入夢鄉。此詩寫罷年將盡，低眉仔細理囚裳。」言有盡而意無窮。想到在一年將盡的「除夕」，作者於眾難友均勻的鼻息聲中，執筆寫下這首罕見的獄中詩，其本身也就是一首撼人的詩篇了。「詩人萬種苦心，不得已而寓之於詩。詩中所謂悲愁，尚不敵其胸中所有也。」（《說詩菅蒯》），這一段話，應用以解〈除夕〉，用以解所有的柏楊詩。

〈我離綠島〉則代表了敘事詩的終結，也描寫了他重回自由之身的感念。在二十二句五言詩中，每一行均可用曹雪芹自題詩來形容：「字字看來皆是血，十年辛苦不尋常。」曹雪芹以窮途潦倒的生命，經十年之久，從事《紅樓夢》的寫作，大致底於完成。而柏楊則以十年的牢獄，以〈我離綠島〉來一敘苦難的歷程之結束，迎接光明的開始。

在〈我來綠島〉中，自述「猶如待烹狗」；〈我在綠島〉中，「改服黑衣裳」，現在，於〈我離綠島〉中，則首云：

我離綠島時　厚雲掩朝陽

脫我囚犯衣　換我平民裳

詩中「離」字，不可輕易讀過。以治史者觀之，應屬「史筆」。蓋由來而在、而離，無不光明磊落也。這是三段悲慘歲月的里程碑。三個平淡的字，乃是三次嚴重的抗議。可敬的是，每一次的抗議，都更有力，更超越前一次的境界。「十年如一夢，此夢仍未央。」就生命而言，柏楊言之差矣。十年不是「夢」，而是一趟使其生命更為壯闊的歷練。比之寫〈除夕〉、寫〈冤氣歌〉時，柏楊已走進一片光輝、堅忍的天地。他以四句詩向世人昭告，十年歲月中的磨難：

抬臂覺肘痛　著襪撫膝傷
試步雙足軟　合唇齒半殤

明．陸時雍云：「人情物態不可言者最多，必盡言之，則俚矣，佳則佳矣。知能言之為佳，而不知不言之為妙。此張籍、王建所以病也。」(《詩鏡總論》)以四句詩概括十年，正是柏楊筆力所在，正是令人深思感慨之處。而起首「脫我囚犯衣，換我平民裳。」則非常自然的令人想起〈木蘭辭〉：「脫我戰時袍，著我舊時裳。」可悲的是，木蘭歸來，爺、娘、姊、弟，歡欣相迎。而柏楊雖喜，卻只能：「仰頭望蒼穹，天人皆迷惘」而已。不過，他的激烈壯懷，並未消失，甚至更為炙熱。這一點，我們可自下列詩句體知：

金堂酣歌舞　壯士泣沙場
丹心化為淚　巨星引眉揚
高僧恕飛雀　奇異出畫坊

柏楊感懷之深，可以概見。他雖為逝去的美好家庭而傷懷，但未曾因此而氣沮。田同之云：「古人為詩，意在言外，使人思而得之。唐代詩人，唯子美最得詩人之體。如『國破山河在』，明無餘物矣；『城春草木深』，明無人矣。」讀柏楊〈我離綠島〉，可作如是觀。最後，他更充滿別意的表露：

獨念獄中友，生死永不忘

這是牢獄十年的柏楊襟懷。世上少有的大方而誠厚的襟胸。難友不會忘記，讀《詩抄》者，尤不能忘記！

二、〈鄰室有女〉的寫作藝術

在敘事詩中，〈鄰室有女〉一篇，尤可為其代表作。前述諸詩，多以簡單速寫的技巧，在一詩中描述數人的生命，有如傑出的畫家畢卡索、齊白石等大師，落落三、兩筆，或至多四、五筆，便可創造出意境超群的畫境。但〈鄰〉詩不然，迥異前舉諸篇；以未曾謀面，未曾交語的角色，完成一首超脫而悲痛感人的鉅製，而主角僅有一人。這是艱難的藝術，故必須用專章來評析。全詩不宜摘錄，今先轉抄於下：

憶君初來時　屋角正斜陽
忽聽鶯聲囀　驀地起徬徨
翌日尚聞語　云購廣柑嚐
之後便寂然　唯有門鎖響

初響是提訊　細步過走廊
再響是歸來　泣聲動心房
君似患喉疾　咳嗽日夜揚
日咳還可忍　夜咳最淒涼
暗室幽魂靜　一嗽一斷腸
我本不識君　今後亦不望
唯曾睹君背　亦曾繫君裳
同病應相憐　人海兩渺茫
我來因弄筆　君來緣何殃
君或未曾嫁　眼淚遺爺娘
君或已成婚　兒女哭母床
今日君黑髮　來日恐變蒼
欲寄祝福意　咫尺似高牆
君應多保重　第一是安康

十多年前初讀，便為之動容良久。十多年後再讀，乃知前此之讀，實在還浮泛之至。我特別保留了詩句之排列形式，即因為好的著作，豈只文字、標點不能更易，即便是文字的排列，若是變更，也將削減其震撼了。三讀、四讀之餘，則更有戚戚焉之感，甚至於認為僅僅這首〈鄰室有女〉，便已足膺「國際桂冠詩人」的殊榮了。

第一是詩題〈鄰室有女〉便典雅大方，預留下多少發揮的空間；論意則又含蓄深遠，饒富人間的至情。柏楊以其親身的經驗，將一位被囚女子的淒涼遭遇，如泣如訴的呈現於世人之前。詩前有段文字，說明寫作時的背景：「調查局監獄，位於台北三張犁。各房間密密相連，卻互相隔離，不通音訊。稍後頻聞女子語聲，有感。」而在〈後記〉中，對於此詩，更有令人震撼的記敘：

> 我只會欣賞詩，不會作詩。直到深陷絕境。第一首〈冤氣歌〉及第二首〈鄰室有女〉，是在調查局監獄，無紙無筆，用指甲刻在剝蝕了的石灰牆上，甲盡血出，和灰成字。

由是觀之，這兩首真是名、實相副，用「血」完成的詩篇。僅就其寫作動機之單純與幽憤，便可獨步千古了。巴爾札克謂「能欣賞即能創作」，信然。

正因如此，自謂不善為詩的柏楊，乃能完成如此不朽之作。原來「詩」不是「作」出來的。真正的詩，乃是生命的自然吶喊。清·薛雪有云：

作詩必先有詩之基，胸襟是也。有胸襟然後能載其性情智慧，隨遇發生，隨生即盛。千古詩人推杜浣花，其詩隨所遇之人、之境、之事、之物，無處不發其思君王、憂禍亂、悲時日、念朋友、弔古人、懷遠道。凡歡愉、憂愁、離合、今昔之感，一一逐類而起；因遇得題，因題達情，因情敷句，皆由有胸襟以為基。……（《一瓢詩話》）

職是之故，雖在最悲愴的牢獄生活下，鄰女之出現，仍引起柏楊沉痛的關注。全詩以古典、悲情的氣氛，使讀者走進一個蒼涼、心酸的世界。一開始便採取了象徵沒落的回憶方式：

憶君初來時，屋角正斜陽

物是人非。出現於面前的是「屋角」和「斜陽」。你當然想知道屋角下發生過的人與事。尤其是「斜陽」，極容易引起哀戚的聯想。李商隱〈柳〉詩云：

曾逐東風拂舞筵，樂遊春苑斷腸天。如何肯到清秋日，已帶斜陽又帶蟬。（《玉谿生詩集箋注》卷二）

清．馮浩注云：「斜陽喻遲暮……」而全詩則被評為「不堪積愁，又不堪追往，腸斷一物矣。」而杜牧有〈憶游朱坡四韻〉云：

秋草樊川路，斜陽覆盎門，獵逢韓嫣騎，樹識館陶園，帶雨經荷沼，盤煙下竹村。如今歸不得，自戴望天盆。（《樊川詩集》卷二）

詩中「斜陽覆盎門」，係指《漢書．劉屈氂傳》所載「太子兵敗，南奔覆盎城門」事。至於宋之名臣范仲淹也有〈蘇幕遮〉之懷舊詞，傳誦更為廣遠：

碧雲天，黃葉地。秋色連波，波上寒煙翠。山映斜陽天接水，芳草無情，更在斜陽外。黯鄉魂，追旅思。夜夜除非，好夢留人睡。明月樓高休獨倚，酒入愁腸，化作相思淚。（《全宋詞》一）

我所以舉證唐、宋大家的名句，旨在說明柏楊的〈鄰室有女〉之開端，便有潛力，為全詩留下足資揮灑的場景。

全詩共三十八句，敘述了一個女子的悲慘故事。柏楊並未與女主角交談一語，甚至連一面也未曾相見。他全憑聽覺，加上偶爾的視覺，竟將一個悽婉之極的鄰室女子的不幸遭遇，熔鑄出來。隨後，由「忽聽鶯聲囀，驀地起徬徨」兩句，正式揭開序幕。

我們必須注意開頭兩句的關鍵性，否則，就失之交臂了。何則？它正是「不寫之寫」的含蓄技巧之運用，具有千鈞之力。「忽聽鶯聲囀」暗示了這所牢房長久的空寂。心理學家言，一個人若長時住在全無聲息的環境中，實際上比竟日處於雜亂的噪音裡，更為可怖，且難以承受。而今，忽然間聞有女子聲由隔壁傳來，自然是件「大事」

。他之「驀地起徬徨」，乃是理所當然的心理反應。克蘭教授（Professor Ronalads Crane）謂：「真正的詩永遠是個人情感的直接傾瀉……」又謂：「它的藝術要領不在陳述，而在暗示。」也就是要有「意在言外」的豐富意義。細加玩味前句，我們愈易產生極盡悲涼之能事的感受。在僅僅四句詩裡，柏楊將場景、時間、女囚及他自己，已作了非常深沉的描繪。

其後四句「翌日尚聞語，云購廣柑嚐；之後便寂然，唯有門鎖響。」使女囚的風貌更加具體。我們稍加體察，即知她孤苦自憐的個性和對前途的絕望心情。除了門鎖響聲，一切歸於可怕的靜默。它無異告訴世人，這位弱女子，於短短一天的時光中，已經進入一個悲慘的地窖中了。

這位女子雖然與柏楊未曾謀面，但卻是他的新難友。通常在劫難中，人們是自顧不暇的。柏楊卻對之關心備至，「初審是提訊，細步過走廊，再響是歸來，泣聲動心房。」四句，使悲劇轉入另一階段。本已沉靜的琴弦，此時漸轉淒切。柏楊用小說的手法，隱示出女主角的斯文性格。既然「細步」，其文雅嫻靜，當可以概見。但「提訊」歸來，女子哭聲悲切，使柏楊原來平靜的心情，也激動起來。想是「提訊」的結果，並不樂觀。「四句」一組的悲劇，也就進入另一高潮了。

第七至十二等六句，寫鄰室女子的咳嗽病狀。這一常人偶患的風寒病症，原少題材發揮；但作為鄰居的柏楊，則另有細緻的感受；分為「日咳」及「夜咳」兩面；最後是「暗室幽魂靜，一嗽一斷腸」。縱然有斷腸之同情無法表述，又奈之何呢！「我本不識君，今後亦不望。」只好把滿腹悲哀，咽進肚裡。是的，他們都是絕頂不幸的人，漫漫長夜，豈敢存有相見、相識的期盼？縱然知道，縱然盼望，而「人海兩渺茫」，即便是「同病應相憐」的一點心願，都難於實現呢。

這一首三十八句的長詩，從字裡行間，我們可以體知，柏楊在執筆之際，充滿了莊嚴的心緒。比之包括二十四句的老杜之〈石壕吏〉，就意境而言，絕不遜色。在〈石〉詩之中，老杜經由聽覺、得知一個強捉人民參軍的故事，發生於隔鄰；於是撰就千古不朽的詩篇。詩云：「暮投石壕村，有吏夜捉人」「聽婦前致詞，三男鄴城戍。」故我們可知，杜甫相當容易的取得寫作材料。況且古來皂隸捉人，如狼似虎，無不驚動四鄰；自易耳聞或推想。杜甫在別去之際，「天明登前途，獨與老翁別」，便表示取得第一手的資料了。較之柏楊，僅靠來自隔壁的聲息，自然方便許多。

柏楊與詩中的女主角，唯一的接觸，乃是「唯曾睹君背，亦曾繫君裳」。且所謂「繫君裳」者乃是「調查局獄囚禁後期，每天有十分鐘散步。某日散步時，曬衣架上一件女衣，被風吹落地面，柏楊代為揀起，重繫繩端」而已。但就在如此簡易單純的接觸中，柏楊卻以細膩的思維和聯想，建構出一個感人泣下的牢獄悲劇詩。若說柏楊此詩，無遜於老杜的〈石壕吏〉，應非誇大之詞了。杜甫告訴我們的是人民為征戰所苦，及參軍的惡政；而柏楊用一個囚於隔壁的弱女子，指控出文字、言論的冤獄；以及一位詩人的憂心與關懷。下引八句，尤其曲折、寬厚，頗具大詩人的懷抱：

君或未曾嫁　眼淚遺爺娘
君或已成婚　兒女哭母床
今日君黑髮　來日恐變蒼
欲寄祝福意　咫尺似高牆

老杜所作是寫實的史詩，他描述了多項具體的為征戰而造成的痛苦。柏楊則從聯想中畫出一幅弱女之牢獄災難、及淒涼之遭際。但這個「聯想」不是空中樓閣，隨時可能成為事實。藝術與現實，有時真偽之間是一體的，其震撼力無與倫比。

杜甫在〈茅屋為秋風所破歌〉中曾祈禱：「安得廣廈千萬間，大庇天下寒士俱歡顏。」（《杜少陵集詳注》卷十）在〈不見〉（同前注）中盼望李白：「匡山讀書處，頭白好歸來。」我們可以感覺到詩聖的多情。而在〈鄰〉詩中，柏楊的多情，也和杜甫在伯仲之間，對於未謀一面的女難友，表達了無限的關切，希望她先注意自己的「安康」，最後又私下盼望：

願君出獄日　依然舊容光

其情致之深遠、細膩，何遜於任何偉大的詩家？對於一個女子而言，容光無異是她的另一生命。有心人讀了，其怦然心動，黯然傷神，可以想見。在本身存亡未卜、生命旦夕的時際，竟仍誠心實意的祝福陌生難友，乃是人間大愛的展現，唯至仁者能之。淡淡兩句，讓我們有餘音裊裊的悲涼惆悵。

我們由三十八句詩中，更發現其間的起伏和宛轉。雖不似司馬遷的〈項羽本紀〉，但「文似看山不喜平」，柏楊仍安排了數次的轉折，隱含了「劇情」的推陳出新。

於此，我們可以參證清人賀貽孫之《詩筏》所云：

> 古詩之妙，在首尾一意而轉折處多，前後一氣而變換處多。或意轉而句不轉，或句轉而意不轉；或氣換而句不換，或句換而意不換。不轉而轉，故愈轉而意愈不窮。不換而換，故愈換而氣愈不竭。善作詩者，能留不轉之意，蓄不竭之氣，則幾於化。

這是古典詩的優越處，它雖因時代所趨而式微，但其固有的質性之長，白話文（包括現代詩）還是難以取代。最重要的是拙於「含蓄」，應是不爭的事實。不信，試把「松下問童子，言師採藥去；只在此山中，雲深不知處」，譯為語體，必然大失詩趣。古典詩字句的整齊，便予人以莊嚴、典雅之感；使在讀者與實際事物間，產生若干藝術的距離。現代詩要表現此種意境，將費較多的氣力。

由〈鄰室有女〉及〈石壕吏〉，我們也極易想起白居易的〈琵琶行〉。這首長詩，記敘的也是一位女子的不幸故事。白居易左遷九江郡司馬，因偶聞「昔為倡家女，今為蕩子婦」者夜彈琵琶，遂慨然贈予詩篇。然而基本上，乃是藉題發揮，發洩個人貶謫生涯的寂寞心情而已。名句「同是天涯淪落人，相逢何必曾相識。」說明了樂天自傷身世的感受。末段「莫辭更坐彈一曲，為君翻作琵琶行，感我此言良久立，卻坐促弦弦轉急，淒淒不似向前聲，滿座重聞皆掩泣。座中泣下誰最多？江州司馬青衫濕」，雖有無窮韻味，總有逞才跡象。清人趙翼有云：

〈琵琶行〉亦是絕作，然身為本郡上佐，送客到船，聞鄰船有琵琶女，不問良賤，即呼使奏技。此豈居官者所為？豈唐時法令疏闊若此耶？蓋香山借以為題，發抒其才思耳。（《甌北詩話》卷四）

由上述三例，我們可以發現，在表達情意方面，傳統詩自有其優越所在。於典雅之外抑且具有音樂的特色、記誦上的快感，以及想像的空間。〈鄰〉詩的藝術成就與生命的深沉發揮，即在其中了。

三、抒情詩的境界

尼采有云：「一切文學，余愛以血書者。」此類文字世間不多。有之，在生死邊緣上的囚犯近之，所謂獄中詩是也。

前已言之，獄中詩不易寫，抒情的獄中詩則更難。在生命旦夕之際，非有堅忍不拔之美善意志，自難為之。否則，徒見其脆弱與殘破之雜碎而已。柏楊的獄中抒情詩未有年月之記。但依其內容及題材，似可依稀尋求。〈幾番〉一詩大概成於入獄之初：

幾番鐵鍊過門前　幾番哀號震鐵欄
腸縈兒女悲離別　魂驚鞭後咽寒蟬
天上千年如一日　獄中一日似千年
到此人生分歲月　聽風聽雨兩茫然

清人法式普於《梧門詩話》有云：

詩有情餘於言者，余最愛施小鐵太常（朝幹）〈悼亡詩〉：「白水貧家味，紅羅嫁時衣。」二語絕無哀悼字面，深於哀悼矣。

〈幾番〉之詩題顯然來自「幾番風雨」句，所以寓悲涼於言外。「聽風聽雨兩茫然」之「

茫然」，令人哀戚萬分。蓋日暮窮途，不知適從也。

不過，雖說「茫然」，柏楊並不氣餒。人窮呼天，他像許多善良的人們，相信冥冥之中尚有「公道」在。其〈家書〉一詩中，如此盼想：

伏地修家書　字字報平安
字是平安字　執筆重如山
人逢苦刑際　方知一死難
凝目不思量　且信天地寬

自字面上觀之，這詩不見峰巒，字句平淡。但我們細加探究，即可發現其峰迴路轉，內心的起伏，道盡了獄中的悲苦，及付之命運的矛盾與掙扎。若論意象的表達，抒情的曲折，頗似李後主的〈相見歡〉（又名〈烏夜啼〉）：

無言獨上西樓　月如鉤　寂寞梧桐深院　鎖清秋　剪不斷　理還亂　是離愁
別是一般滋味在心頭

後主以國破家亡被囚之身，兼以多愁善感之資賦，故當如鉤月色照人之際，「無言」而上西樓，正是萬語千言，難以言說的吶喊。在萬分悲嘆，無限寂寞情懷下，發現深深的庭院，但有清秋氣氛相伴。想起前塵往事，原想一刀剪卻也好，但又難以了斷。那麼，就細細整理一番吧！誰知愈理愈亂呢？原來萬千憂愁，只是如「一江春水」的別緒而已。短短數行，表述出千迴百轉的哀愁。

柏楊的〈家書〉詩短短八句，也使用了若干隱約的對比。如「伏地修家書，字字報平安。」其實是「不平安」；「家書」而「伏地寫」，其悲慘已無庸多言。而「字是平安字，執筆重如山。」便用了明顯的比喻。第五、六句突然言及「人逢苦刑際，方知一死難。」因而，我們更可明白寫一、二句時的絞心之痛苦和悲嘆。到了七、八句，則係在左思右想之餘，「凝目」不去思量了，姑且相信天命會憐惜自己吧。這一點，柏楊顯然超越了後主。久耽歡樂的末代君主夢，還沒有完全醒過來呢！

在「且信天地寬」的倖存心態下，柏楊回憶起歷歷往事。〈有感〉一詩云：

閉眸便見嬌兒女　展眉仍自對孤門
人生飄渺半如夢　乍驚我夢偏沉淪
此情都已隨風去　依牆寂寞待黃昏

詩句非常樸素，但每一字、每一句均有股深沉的力量。八句詩隱含了非常銳利的對比意象。頭兩句以「閃閃日光」來對「壓壓烏雲」；作者以象徵的手法，說明他內心的沉痛與不平。為何天地依舊，而我竟身陷牢獄呢？第三、四兩句，尤其有愈來愈大的掙扎。他以「閉眸」和「展眉」兩種不同的動作，暗示其椎心的無奈。這是非常強烈的對比。在「閉眸」之際，你仍強自回憶，似乎「嬌兒女」還在眼前歡笑嬉戲；可是，一旦展眉，便只有「孤門」相對了。這個「門」，代表了他的人生，令人沮喪和斷腸。同樣的門，此「門」比「家門」一去八千里了。

在經過幾番掙扎後，柏楊似有憬悟，五、六句云：

人生飄渺半如夢　乍驚我夢偏沉淪

兩句均有「夢」字出現，而以「沉淪」作結。人生而為「沉淪」，則更難堪了。接著一步、一步的，愈為淒涼、絕望：

此情都已隨風去　依牆寂寞待黃昏

全詩於此嘎然而止，像一股斷裂的琴弦。他已無任何可依之物，可依之人。眼前僅有牢獄中之牆尚存，得以稍倚；僅有「黃昏」將來，得以期待而已。「黃昏」是什麼呢？簡言之，「絕望」是也。

失意之人多談「夢」，多寫「夢」，獄中人尤然，至於因而引起「家變」者更然。柏楊之〈夢回〉，最可代表：

夜半無聲月色遲　睡中依舊到華池
仍攜妻子稚兒女　驚醒枕畔夢如絲
倚牆欲寫相思字　提筆徬徨意已癡
可奈此情無處寄　今時不是往年時

此詩溫厚中有其孤獨，渴念中有其徬徨。先說首句「夜半」和「無聲」便暗示出作者淒清的牢獄生活，只有在「睡中」還似往日一般到「華池」遊樂，妻子和稚女陪在身邊。此情此景，不是依稀如昨麼？但是恍惚間發現這些舊日生活，卻已經消失了。尤其是「夢」和「絲」聯在一起，更加強了悲痛和淒清的場景。雖然已經「夢醒」了，但情癡的他，猶不忍立即告別夢中情境。設身處地，當有「情何以堪」之悲。從來，「月」是感性的代表，首句中「無聲」一詞的淒涼心理，與李後主〈相見歡〉中的「無言」，可說同一匠心，不能作第二想。同時，也顯示了他用字的含蓄與溫厚。至於「徬徨」及「癡」兩詞，不僅深沉，而且纏綿。多少無盡的愛與矛盾複雜的情，在欲言又止的心緒中，展現在字裡行間。若以語體文或新詩表現，可能減色。為詩固難，即解詩亦不易。末句「今時不是往年時」，彷彿如泣如訴的琴弦，終於黯然絕斷了！

而〈夢回〉之詩題，也有其曲折的寓意，於此也可見柏楊的深情；也更易使我們聯想到書中的另一首詩：〈出獄前夕寄前妻倪明華〉。詩前有序云：

本判十二年有期徒刑，後政治犯減刑三分之一，改為八年，八年終將居滿。

讀此序文及詩題，已夠引人淚下。何況在這一境況下的詩將何以為辭呢？千言萬語，又何從說起呢？這樣的詩，千古以來似無人作，故有細讀的必要：

明湖二月草正青　水裡神前跪玉京
釁舍傳書人語起　旅程初喜金宵燈
鵲橋霜滑長開眼　飄泊艱難物外星
永和陡絕雲天隔　慚問鴛盟與鷗盟
石爛海枯誓言在　影伴形隨疊步蹤
巨弓驚散同林鳥　鳴鏑哀樂已三生
感君還護覆巢女　魂繞故居涕棘荊
我今歸去長安道　相將一拜報君情

全詩十六句。首十句追述鴛盟相結之艱辛，後四句記述變起倉卒之苦難，末兩句則以他萬般絞痛的胸懷，仍感念別他而去的昔日妻室，扶養了共同擁有過的掌上明珠。在他們的美滿姻緣期間，我一直是他們經常往還的朋友，展讀此詩，感觸自更深切。為了這一段姻緣，雖然荊棘載途，但他們視若無睹，以遍體鱗傷的生命，走向婚禮的殿堂。那時，為了節省一張公車票的錢，柏楊不得不步行個把小時，去一間報館上班。雖在夏日蚊蚋橫飛之際，竟無買一頂蚊帳的財源。誰知正當克服萬難，略可安樂之際，這對堅苦卓絕的伴侶，竟在非自然的暴風雨中失散了。「魂繞故居涕棘荊」一語所蘊含的悲痛，雖「問君能有幾多愁，恰似一江春水向東流」，也難以超越了。

「物是人非」原是非常不幸的悲劇，況乎夫婦之間？但在此等處，卻也正是鍛鍊人格的關鍵所在。在於常人，總難免隱隱之間的怨懟，乃至遺憾於另一方之薄倖，或不平於人間的變故。但柏楊拋卻世俗的恩恩怨怨，在感念「還護覆巢女」之後，又大大方方的表示：

我今歸去長安道，相將一拜報君情。

這種寬厚的壯懷，正是最深、最廣及最大的愛。明華因柏楊的關係，也為我的好友。

她必以曾擁有此愛，引以為榮。

這也正是中國的詩人精神。所謂「溫柔敦厚」是也。遭此劫難，內心本應無限怨懟及憤恨。乃不此之念，雖已難再作「相思」之夢，卻仍懷無限癡情。「言有盡而意無窮」，乃能躍然紙上，令人泫然。這是難以達到之技巧，更是難以達到的意境。古典詩之優越處，也於此可見。清人田同之在《西圃詩說》中云：

詩之妙，在一字、兩字工夫，然一字、兩字，不難在學問見解。而一時之心思興會，亦有到有不到，推敲之間，殊難把捉矣。

〈夢回〉中的「徬徨」與「癡」便達到「警策」之妙。用之於現代詩，雖亦可發揮「警策」之功，卻因欠缺古典詩的美好形式，便難耀目出色了。柏楊之「家變」極易使人想起六十餘年前的郁達夫。這位三十年代的知名作家於《毀家詩記》之一，有云：

去年曾宿此江濱，歸夢依依繞富春；
今日樑空泥落盡，夢中難覓舊時人。

郁達夫才情具茂，人所共知。兩首詩相比，也許在意境上，柏楊要篤厚深刻一籌。何者？達夫為詩，難免忌恨及偏執故耳。

於此，我們試觀明代李東陽所云：「詩有別材，非關書也。詩有別趣，然非讀書之多、明理之至者，則不能作。論詩者，無以易此矣。彼小夫賤隸，婦人女子，真情實意，暗含而偶中，固不待於教。而所謂騷人墨客，學士大夫者，疲神思弊，精力窮壯，至老而不能得其妙，正坐是哉。」（《麓堂詩話》）十年牢獄，使柏楊於史多有所窺。在悲憤的激盪心情下，對人生反而更見開曠，對詩文反得更見精進。正所謂「國家不幸詩家幸，賦到滄桑句便工」（趙翼《題元遺山全集》）了。所謂「慷慨悲歌，有不求工而自工者」，用以論柏楊之詩篇，自亦甚當。若言靈魂的掙扎，內心的憂憤，柏楊則可能超越乎遺山了。

職是之故，柏楊的抒情詩，其成就當在敘事詩之上。牢獄之災，更淬勵了他的意志，他的大愛。他對親人、朋友的關切，也愈久而愈堅實。試看〈秋雨〉一首，當可了然：

一番秋雨一番涼　滴滴聲聲入鐵窗
花下孤蜂覓殘蕊　枕前穴蟻啣冬糧
屢念蛛絲千折線　一笑夢醒百迴腸
遙憐貪玩小兒女　不知已未加衣裳

八句詩中又有「夢」字的出現，但此夢並非真正的作夢；而是「凝想」蛛絲千折的活動，突然自現實中驚起。

非常顯然，柏楊在獄中，始終未曾失去鬥志。他對國家、民族的愛，愈益堅定；對同獄的難友，滿懷同情；而最感人肺腑的是他對兒、女的牽念。在白描的手法下，表達了無限的慈愛。

而這一〈秋雨〉詩，也可稱之為「白話詩」。它顯示了人性，父性的偉大之愛；但非心如纖維之細者，難以體味出來。幾番秋雨之後，氣候愈來愈涼，那滴滴答答的雨聲，使鐵窗內的人，倍感淒涼。這時節，一隻孤獨的蜜蜂，還在尋覓殘餘的花蕊，看看是否還可為妻兒多存儲一些食糧，枕頭前的螞蟻穴窩，也仍在啣運冬天的食物。

睹物思情，更令人氣短了。

但在六、七兩句中，作者由蜘蛛神話的故事，觀察到蛛絲無數次的斷裂；而織網的蜘蛛，竟能百折不回。「何以人而不如蜘蛛乎？」於是一轉，「一笑夢醒百迴腸。」勇氣倍增。特別是「一笑」此詞，透露出無限的勇氣，顯現出他北人的特有豪情；只是午夜夢醒，禁不住迴腸百轉而已。於是，很自然的，想起唯一的女兒。分別時，她尚不知人事，仍在稚齡，於此秋風秋雨之際，可曾知道加添衣裳麼？其中「遙憐」一詞，則既思愛女，更有「自傷」之嘆也。

基本上，八句詩有如八幅圖畫；而且是非常生動的圖畫。景是情，情即是景。交相掩映，乃能相得益彰。荊軻詩云：「風蕭蕭兮易水寒，壯士一去兮不復還。」缺了景或缺了情，便不是令人感慨萬千的藝術了。

關於獄中詩，而且也以文字賈禍的，我們不能不述及「烏台詩案」的悲劇主角蘇東坡。他在宋・元豐二年（一〇七九）七月，為權御史中丞李定連章彈奏，被「如捕寇賊」似的下獄一百三十天之久。言其驚恐之狀，與柏楊先後而已。東坡於〈上文潞公書〉中有云：

某始就逮赴獄，有一子稍長，徒步相隨，其餘守舍皆婦女幼稚。至宿州，御史符下，就家取書，州郡望風，遣吏發卒，圍船搜取，長幼幾怖死。

其驚恐之狀，令人悚然。當時，東坡曾與妻子、乳母訣別，且留書乃弟子由，交代後事。入獄不久，又有二詩致子由，其一云：

予以事繫御史台獄，獄吏稍見侵，自度不能堪。死獄中，不得一別子由。故作二詩授獄卒梁成，以遺子由。

其詩如次：

聖主如天萬物春，小臣愚暗自亡身。百年未滿先償債，十口無歸更累人。
是處青山可埋骨，他時夜雨獨傷神。與君世世為兄弟，又結來生未了因。
柏台霜氣夜淒淒，風動琅璫月向低。夢繞雲山心似鹿，魂驚湯火命如雞。
眼中犀角真吾子，身後牛衣愧老妻。百歲神遊定何處，桐鄉知葬浙江西。
（《蘇文忠公詩編注集成》卷十九）

這是一代詩家在專制政體下的獄中哀鳴。東坡和柏楊全是在「莫須有」的文字獄名目下繫獄的。非常巧，此一千古傳誦的詩篇，也有「夢」字出現。大概凡是身遭牢獄之災的人們，無不有「人生如夢」的感觸。「是處青山可埋骨，他時夜雨獨傷神。與君世世為兄弟，又結來生未了因。」在淒涼的文字中，愈顯出東坡的深情。雖然兩人相隔十個世紀，但命運竟有雷同之處；在生、死關頭，均能爆發其生命的光芒，人生的執著。

於此，我們又想到東坡的出獄詩。有云：

十二月二十八日，蒙恩責授檢校水部員外郎，黃州團練副使，復用前韻二首。

百日歸期恰及春，餘言樂事最關身。……卻對酒杯渾似夢，試拈詩筆已如神。

此災何必深追咎，竊祿從來豈有因。平生文字為吾累，此去聲名不厭低。……

一向豪氣干雲的東坡，經過一百三十天的牢獄之災，志意消沉多矣。

而我之所以廣引上述史料，旨在與柏楊之獄中詩，及出獄詩，作一對比。其中異同，方得窺見詩人的資秉、才分與風格。

柏楊的「出獄詩」，除前引〈出獄前夕寄前妻倪明華〉外，尚有〈出獄前夕寄陳麗真〉及〈出獄前夕寄女佳佳〉等二首。陳麗真為一奇女子，與柏楊「情如兄妹」，義氣干雲。聞柏楊行將出獄，特在家中騰出一間，安頓柏楊，並擬親至綠島迎接；旋以親友之勸，改赴高雄迎候。柏楊於詩中概述往年禍事後，有云：

我幸留殘年　已成喪家狗
接我千里外　安我北窗牖
義深難為謝　無力置盃酒
唯望天晴日　同拂洛陽柳

論其胸懷，雖不必強似東坡，但其超脫的情致，應亦不遜於東坡吧？至人乃有至友，乃有至文，乃有至詩。

更有進者，「同拂洛陽柳」也使人想起「洛陽獄」。東漢大學者兼史家蔡邕（伯喈），以與司徒劉郃不平，下洛陽獄，「劾以仇怨奉公，議言大臣，大不敬，棄市。」幸經中常侍呂強等力救，得免。但其後仍為王允認為「不可令佞臣執筆在幼主左右，既無益聖德，復使吾黨蒙其訕議。」……「邕遂死獄中。」邕汴州陳留人，與柏楊更有同鄉之誼。天才和文名，是福是禍，在黑暗的社會環境下，殊難逆料，古今皆然。

但在際遇上，柏楊較東坡卻不幸遠甚。薛雪《一瓢詩話》云：

> 坡公在獄，有以其〈詠檜詩〉逢迎神宗曰：「根到九曲無處曲，世間惟有蟄龍知。陛下飛龍在天，軾以為不知己，而求之地下之蟄龍，有不臣之意。」神宗曰：「詩人之詞，安可如此論？彼自詠檜，何預朕事？」章子厚又從旁解之，得無恙。……

據史，連曹太后也力勸神宗。吳充、章惇等也力救。東坡於元豐二年八月十八日赴獄，至十二月二十八日釋放，計在獄凡一百三十日。出獄後雖貶黃州，仍為士林禮遇備至。宋室積弱，但仍能享國三百年，人主之樂於納諫，應是重要原因之一吧？

最後論及〈出獄前夕寄女佳佳〉這首詩。僅就題目而言，已令人感慨萬千；何況出諸具有至情、至性的柏楊之手？這時，他以為即將恢復自由了，內心的欣喜，自在意中。八年未見的愛女，現在如何了？「離家」時，佳佳才讀小學二年級，「坐地看電視，尚對差人嘻」。完全不知乃父生命裡的暴風雨已經發生，而自己的美好童年，即將消失。回憶往昔，任何人都將迴腸百轉，惆悵萬千。全詩六十句，從女兒的「初生」敘起，以五十行寫佳佳在六、七年成長歲月裡的瑣屑往事；雖然出諸樸素的描述的手法，卻道盡了天下父母心，如云：

兒哭父心碎　兒笑父心喜

再如：

悄悄吃狗食　吐瀉幾將斃
住院兒臥床　伴兒父臥地
……
滑梯玩不休　萬喚都不理
上學有人送　下學父迎及
一路攀父臂　仍作秋千戲

爬肩聞煙味　翻騰上父膝

看來平凡的內容，卻令人回味無窮，感嘆難抑。何者?因其一去不再返了!凡為人父、人子者，當能一掬同情之淚。其所以可悲者在此。在形式上是敘事的，其實正是最好的抒情之作。

比之韓文公的〈示兒詩〉，非常顯然的是，昌黎便道學氣太重了。他詳敘抵京師後的生活，末段則告訴兒輩：

安能坐如此，比肩於朝儒。詩以示兒曹，其無迭厥初。（《全唐詩》卷三百四十二，頁八三八六）

而柏楊則於回述愛女之童年後，復以八句詩，描寫錐心的辛酸：

夢中仍呼兒　醒後頻頻起
而今父將歸　兒業亭亭立
何堪吾家破　孤雛幸存息

兒已不識父　憐兒淚如雨

每兩句一個轉折，步步令人惻然。唐・賀知章詩云：

少小離家老大回，鄉音無改鬢毛衰；兒童相見不相識，笑問客從何處來？

這首詩因有「笑問」二字，乍讀彷彿為短短的喜劇，實則蘊藏了無限的悲涼與滄桑之感。要知道重點在「離家」上面，詩中的主角出外飄泊四、五十年，才再度回到家中來，已經說盡一切了。

而柏楊呢？他用「家破」、「孤雛」二詞，與前述對照，立即畫出一幅淒涼的景象來。最後以「兒已不識父，憐兒淚如雨。」二句劇然落幕；使讀者有如置身荒野，不知何從之感。試想，被囚八年，自然有「歸心似箭」的心情，但可嘆的是，舊巢已破了；就是那唯一的孤女吧，竟因年月太久，而不能認出父親了。較之「兒童相見不相識」，將更何以堪呢！

四、〈囑女〉中的父愛風貌

前已言之，「國家不幸詩家幸」。沒想到在柏楊的生命史上，竟然一再印證。讀過〈出獄前夕寄女佳佳〉一詩後，看來柏楊已和愛女相逢了。誰知更不幸的是，即便是如此淒慘的相逢，竟也落空了。因為，「當日即再被台灣警備總司令部收押，囚於綠島兵營」；有家不得歸，乃有〈囑女〉之作。

這是一篇六十八行的長詩，較〈出〉詩多了八行。此詩不知成於何時，可以肯定的是，約在七六年六月至七七年三月之間。大約是獄方法外施仁吧！「恩准」了他們父女在綠島監獄之會。

先說〈囑女〉這一詩題，便寓有萬千感慨意。從這個詞彙上聯想，本應出現一幅天倫樂事的畫面；或者想像一位慈愛的父親，坐在柔和的燈影中，溫語教女的場景。然而出乎萬千人的意料，這位父親竟然正置身於牢籠之中。

最重要的是，父、女已約八年之久不曾見面了！所以當萬千父母相見狂擁、欣然呼喚時，柏楊父女則是：

茫茫兩不識　遲遲相視久

在平凡的兩句、十個字中，我們將用多少言語方可形容出其間的「重逢」心緒呢？有四句道出：

父驚兒長大　兒驚父白首
相抱放聲哭　一哭一內疚

四句詩包含了萬千血淚、人間悲劇。而在四句中的一個「疚」字中，更凸顯出柏楊的無私和深愛。長達九年的牢獄辛酸，置身度外，而先念及的竟是對愛女的歉疚。這不是平凡父親的愛，唯有極高至愛之胸懷者能之。這個字是多少「愛」字，也難以述說的深情。

他何以具有如此的至情和至愛呢？要回答此一問題，並不容易；幸而並未絕望，我們從《另一個角度看柏楊》一書中偶然得之。一九八一年二月二十四日至二十七日香港《明報》上，有一篇對柏楊的專訪，他答記者陳非說：

我一關了進去，痛不欲生，絕食了二十一天，最後癱瘓下來，用橡膠喉灌東西給我續命，我幾乎連膠喉都咬斷了。最後，被抬進醫療室打補針，跟著下來，我想通了，由痛不欲生思想一拐彎，立定意志，必須求生。

又說：

人，一定要活下去，只有在民族氣節與光榮的面前，才有選擇的餘地。

柏楊何以能堅強不屈，贏回清白之身，上述兩段乃是他的自白。「尚存一息仍吟詩」的答案也於此可以尋得。又有一段話記述：

在「九一八事變」那天，柏楊正在河南家鄉唸小學二年級。老師上課時把同學都說得嚎啕大哭。帶著淚痕回到家裡，繼母正哄著親生的弟妹們吃牛奶、雞蛋、酒釀。柏楊也嚷著要吃，那晚娘的臉一繃之下耳光就來了。「我就是在委曲、冷漠、飢餓中長大的。」他說。正由於此一悲慘的經歷，形成了柏楊的反動。他把少小的不幸歲月，轉化成更堅強的愛心及同情。付與親人，交給社會和國家。

好詩常予人以「畫圖」的印象。顯明的形象藝術，予人的感染及衝撞，乃更具震撼力。〈囑女〉中若干句子，便可作如是觀，在「內疚」之下，有句：

父舌舔兒額　兒淚染父袖

相別約三千個日子，一旦父女相逢，當然是棖觸萬千的。將此中情懷奔流至筆端，自非易事。但悲痛之餘，卻也有輕鬆欣喜的調子：

環島踏勝跡　汗濕裳衣透
兒或挽父臂　父或牽兒手
溫泉洗雙掌　絕壁聽海吼
……
纏父打乒乓　父女大交鬥
笑聲徹屋宇　又如舊日友

作者若無此一似乎喜樂的描述，將是平庸的「重逢」，將是平庸的父女。八年未見，豈可將如此寶貴的機會，全以用眼淚打發？於此，我們極易想起庚辰本《紅樓夢》第十七回至十八回中的「元妃省親」一幕：

（賈妃）一手攙賈母，一手攙王夫人。三個人滿心裡皆有許多話，只是說不出，只管嗚咽對泣。邢夫人、李紈、王熙鳳、迎、探、惜三姊妹等，俱在旁圍繞，垂淚無言。半日，賈妃方忍悲強笑，安慰賈母、王夫人道：「當日既送我到那不得見人的去處，好容易今日回家，娘兒們一會，不說說笑笑，反倒哭起來。一會子我去了，又不知多早晚才來。」

同樣是女兒來探望父、母；雖然柏楊與佳佳相晤，論人物及形式與「元妃省親」全然有別。但實質上有何不同呢？皇宮也是多少人的牢獄呢！故脂批於此，有云：

《石頭記》得力擅長，全是此等地方。

而庚辰眉批，則云：

非經歷過，如何寫得出。

故〈囑女〉一詩，較之〈出獄前寄女佳佳〉更不易下筆，更費斟酌。起伏的特殊技巧，千迴百轉的筆致，方能發揮殆盡。清．趙翼於評〈明妃詩〉中云：

古來詠明妃者，石崇詩「我本漢家子，將適單于庭」，「昔為匣中玉，今為糞上英」，語太村俗。惟唐人「今日漢宮人，明朝胡地妾」二句，不著議論，而意味無窮，最為絕唱。（《甌北詩話》卷十一）

「唐人」即為李白，平平淡淡的兩句，正是傑作的風貌。正如走路，常人每捨大道而不由，偏向乖僻小徑行。柏楊多用白描手法，反得生動、逼真之旨。前詩「打乒乓」、「大交鬥」屬之。又如：

兒居招待所　窗外蔭椰柳
諸友屢邀宴　率兒起敬酒
明月照小徑　父女併肩走

既反應獄中難友的情誼，更暗示了時、地的場景、人性的芬芳。把「招待所」引進詩篇，則連社會組織等也凸顯出來了。在「俗」中有其「不俗」，最可看出作者的個性和才分。

不僅此也，柏楊不僅連續用了五個「囑」字；而且，也頗為樸實的運用了「緊抓綏」、「垂雙肘」、「弓背」、「挺胸鈕」、「刷牙」和「選購」等率直的辭彙。但這種大膽的「嘗試」反而凸顯了作為父親的至愛。有意「避俗」反而不美了。於是，我們不禁念及近代詩家陳三立（史學大師陳寅恪之父）的〈讀侯官嚴氏所譯《社會通詮》詩〉：

> 悲哉天化之歷史，蝨於穹宙寧避此。圖騰進入軍官旗，三世低昂見表裡。我有聖人傳作尸，功成者退惡可欺？蛻形範影視鑪捶，持向神州呼籲之。

唯大家始能突破格局，而造新境。柏楊和散原先生為詩國營造出奪目的光彩。所謂「似淺而實不淺，似淡而實不淡，似粗而實不粗，似易而實不易。此境最難，然其秘只在『深入淺出』四字耳。」（清．王壽昌《小清華園詩談》卷上）正是大家才思，難以企及之處。

但「相逢」的時間甚短，不過兩天而已。其間有「癡癡望兒面，父心淚中抖」的悲愴，也有相挽而行的親切，乃至打乒乓，屢邀宴，詢北斗等瑣事，在在表現出柏楊的率真和深厚的父愛。而且，即使已經入寢之後，仍有感人的觀察：

兒臥酣酣睡　父旁徹夜守
聽兒呼吸勻　喜兒不解憂

寫父親對子女之愛如此，令人泫然。遍閱古今詩文，也鮮有倫比。這是「無我」之愛，天地間最動人的樂章，深刻細緻，非大家不能解悟。其中「喜兒不解憂」，正是最深的至愛。膚淺之輩，不足語此也。

柏楊何以有如此濃烈的父愛呢？大概與他少、小時代所受的苦難生活有關。幼小歲月中的委曲、冷漠、飢餓遭遇，使他更加強了對美好、恩愛的追求。雖然相聚甚短，而仍熱切的叮囑女兒，期望她行止中節，珍惜健康，故連續使用了五個「囑」字：

乘車懼顛簸　囑兒緊抓綬
飯桌用飲食　囑兒垂雙肘
坐時兒弓背　囑兒挺胸鈕
食罷不刷牙　囑兒勤加漱
隱鏡疑傷目　囑兒另選購

在字句上，和「詩賦欲麗」（曹丕《典論》）的鐵律，似無關係。其實，五次囑女，正是最大父愛的流露，正是最為富麗的情思發揮。我相信不少為父母者，將有自愧不如之感。若要深知來由，則宜一讀清．冒春榮的這段詩論：

詩腸須曲，詩思須癡，詩趣須靈。意本如此而說反如彼，或從題之左右前後曲折以取之，此之謂曲腸。狂欲上天，怨思填海，極世間癡絕之事，不妨形之於言，此之謂癡思。以無為有，以虛為實，以假為真，靈心妙舌，每出人意想之外，此之為靈趣。（《葚原詩說》卷一）

若柏楊之詩，殆曲與癡者歟！

六十八句詩，蘊藏了五十幅動人的畫面。如果說再三、再四甚至再五的叮囑，兒女輩竟無反應，未免不近情理，於此，柏楊乃續云：

瑣瑣復絮絮　惹兒嫌父朽

兩句十字，真切而鮮活極了。第一、第二次叮囑愛女之時，她可能也「姑妄聽之」或「姑妄諾之」；但「第三、第四」次以後，便忍耐不下去了。這是實情，不是矯情。有此兩句，更見境界。我一向不喜歡有明的歸有光，不喜歡近代的周作人，因為兩者矯情忒甚故。

〈囑女〉前述諸句，無不具有靈活的生命，人格的流露。若以散文表之，將大失情思了。於此，柏楊選擇了最佳的文學形式。

父女、母子之愛，原是與生俱來的天性，原是上帝賦予生物的高貴稟賦；但在近世功利主義盛行的潮流中，卻也有逐漸式微的細小波瀾。不少人感嘆世風日下，父子、母女間的情誼，日漸淪落。柏楊的〈囑女〉，毫無疑問的，為這項人間至情作了正面的、高貴的宣示。這是對時代的重大貢獻，對萬萬千千父母，子女的珍貴證詞。如果親情不值得珍惜，這世界將流於何等卑惡的模樣！

但既已相逢，打乒乓、屢邀宴、詢北斗，五次叮囑之後，終於必須分別了，有詩云：

兒自凌空去　父自歸窗牖
再視兒睡處　撫床淚如漏

「凌空」與「窗牖」，柏楊畫出兩幅對比的背景，使我們立即感到「相別」的傷痛。而「再視兒睡處」則使我們油然而生「人去樓空」的惆悵。一處平常的「臥榻」，只因為「兒」曾留宿一夕，再去撫之，便不禁滴下「如漏」的珠淚。我輩生活平順的父母，是不會有此感受的。至於若干缺乏親情的父、母、兒、女之輩，則尤難理解了。

但在一般詩家，到此應該結束了。而柏楊不然，次日再於小徑散步，便掀起多少情懷，有云：

小徑仍似昨　父影獨佝僂

很顯然，他已近乎「癡笨」了。何以致此？蓋此「心」又回到「空寂」故耳。試問，小徑會「變」嗎？但退一步言之，小徑又當真「變」了。因為就在昨天的晚上，「明月照小徑，父女併肩走」呢！而今，何時才能再比肩並行於此一小徑呢！句中「獨」字，尤見力量。比之「撫床」更有難以言宣之悲。好詩常是好畫，信然！

然而，柏楊仍有綿綿無盡的思念。在佝僂獨步之際，又想到昨天相別的女兒，此後生活是否會平安呢？是否還有父女相會之期呢？因而暗暗祝禱：

自愛更自重　莫貽他人口

題為〈囑女〉，最後仍以叮嚀終。作者未言「愛」字，而所表現的愛，實古今少有。魏泰有云：

詩惡蹈襲古人之意，亦有襲而愈工，若出于己者。蓋思之愈精，則造語愈深也。魏人章疏云：「福不盈身，禍將溢世。」韓愈則曰：「歡華不滿眼，咎責賽兩儀。」李華〈弔古戰場文〉曰：「其存其沒，家莫聞知。人或有言，將信將疑。娟娟心目，夢寐見之。」陳陶則云：「可憐無定河邊骨，猶是春閨夢裡人。」蓋愈工於前也。（《臨漢隱居詩話》）

自表面觀之，〈矚女〉為敘事詩。以女兒「探父」及「父迎」始，期間因「環島踏勝跡」而「汗濕裳衣透」。有如〈鄰室有女〉之經營，柏楊常能於絕處再現新機。畫家有「畫龍點睛」之說，本詩如此落幕，乃更加情深，更合題旨。他對女兒之愛，讓人驚嘆；使我們難以估計與測量。詩家寫情如此，乃達極致。雖然字、句間偶有拙處，有僻處，但通篇毫無彫刻之斧痕，一是以出於「自然」為本。清．冒春榮又云：

詩以自然為上，工巧次之。工巧之至，始入自然。自然之妙，無須工巧。（《葚原詩說》卷一）

這種出諸天性而完全自然的愛，實我中華倫理文化之光。至於〈矚女〉字、詞的工巧，反而是多餘的了。由此而論東坡的獄中詩，便若有憾焉。東坡詩首二句云：「聖主如天萬物春，小臣愚暗自亡身。」明・瞿佑《歸田詩話》云：

神宗見而憐之，遂得出獄，謫授黃州團練副史。

雖然在專制政治之下，文字獄令人談之色變。唯春秋責備賢者，終令人有美中不足之憾也。

五、詠懷詩中的風骨

以撰述《後漢書》名世，劉宋一代史家范曄，因事觸怒當道。元嘉二十二年（四四五），為人告發，誣指范曄密謀，與孔熙先企圖擁立劉義康，遂為下獄處死。在獄中，范曄特寫信給其甥、姪們，後人題為〈獄中與諸甥姪書〉，盛道其為文治史的態度，有云：

詳觀古今著述及評論，殆少可意者。班氏最有高名，既任情無例，不可甲乙辨，後贊於理近無所得，唯志可推耳。……吾雜傳論，皆有精意深旨，既有裁味，故約其詞句。至於〈循吏〉以下及〈六夷〉諸序論，筆勢縱放，實天下之奇作。其中合者，往往不減〈過秦篇〉……自古體大而思精，未有此也。……

言下之意，充滿豪情壯志，連賈誼都不放在眼下；以其大作《後漢書》之成就自傲。函中絕無一絲哀戚及憂懼之色。不知者那能想像這封洋洋灑灑、評論文事的長函，竟出於行將被誅的囚犯之手呢！

自劉宋之後，文人學者而身陷囹圄，追隨於范氏之後者，則有駱賓王、李白、劉長卿、蘇東坡之輩。至於蔡邕，王允唯恐其著史，先予處死；孔融以言辭竣切，為曹操所殺，尚不計在內。不意在一千五百年之後，更有柏楊繼其後。其〈渺茫〉詩云：

生固渺茫無以料　死更倉皇未可知
油盡燈枯餘煙裊　輕風波動化相思
千古艱難唯有此　丈夫冷眼對崦嵫
不負滿頭蒼白髮　尚存一息仍吟詩

這首詩應是他入獄之後不久的產品，也是詠懷詩的代表作品之一。題為〈渺茫〉，說明了他對未來命運的迷惘，但也宣示了對信仰的堅持。因為無論是生、是死，當道並未予以明確的判示。首兩句以生、死對比的方式，表示了難卜的將來。可是，他隨即表示，對生、死之間的大關，並無所懼。倒是對文學的生命，甚為珍惜：「尚存一息仍吟詩。」自基本意識而言，柏楊與范曄對於文學、史學及人間愛的執著，實無二致。我們之所以舉引范曄，即是因為在歷史的道路上，凡卓絕的人物並不寂寞。詩聖杜甫論詩，有「語不驚人死不休」的誓言。以之與「尚存一息仍吟詩」的精神相比，應無軒輊之分。

由「尚存一息仍吟詩」句，使我們也獲得柏楊牢籠十年，所以寫詩、治史的答案。舉世之上，由古至今，身陷囹圄的詩人、學者，何慮萬千？但至於今日，以言獄中詩創作之富，應推柏楊為首。何則，「尚存一息仍吟詩」之決心也。職是之故，譽柏楊為「文學的戰士」，亦不為過了。再看題為〈煉〉的詩句：

陰風習習火熊熊　髮焦膚裂見性靈

塵沙一入成灰燼　斷金千錘色益紅
也有精鋼變鐵屑　更多鐵屑化鋼城
是非真假難預說　丹心百煉才分明

很顯然，自陷牢獄之始，柏楊便已拿定決心，絕不向邪惡和栽誣屈服。他完全無視於一切橫逆，以血肉的手指在石灰牆壁之上，塗寫〈冤氣歌〉及〈鄰室有女〉，表示了他最堅強的抗議。而「丹心百煉才分明」這句詩，則以行動充分實踐。對於禍起倉卒之間的大難，由獄中詩探索，我們可以深信，他自始至終全無畏懼之意，在他的方寸之中，一直堅信自己的人格是光明的；所走的道路，是可以置諸天地的；試看〈窗下〉中的八句詩：

窗下讀殘書　悠悠意自如
渾忘家何在　輕風送翠姑
斗室空寂寞　海浪聽酣呼
雲際傳笑語　人孤心不孤

將第一句中的首二字，作為詩題，頗見思維，也深富古風。全詩八句，共四十個字。音節和詞彙，都富於泰然自若、海闊天空的意境。清人徐而菴云：「詩之等級不同，人到那等地位，方看得那一地位人詩出。學問見識如棋力酒量，不可勉強也。」柏楊的創作，文如其人，而以其詩為最。「殘書」而有興致閱讀，意態自如，是可以想見的，乃是實情；三、四句及五、六句，則由情而轉為景；形成情、景交融的變化。第七句是虛寫；由於詩中有輕風、海浪及虛寫的「雲際」，遂產生一種廣闊的境界。在「斗室空寂寞」之後，第八句乃有奇接的力量。雖然僅僅八句，卻富於變化，起伏曲折；使用了欲進先退的技巧。「人孤心不孤」，無異是柏楊的沉痛怒吼。

遺憾的是，詩中有詞如「翠姑」者，難以作確切的解釋。這多少減弱了詩的擴張力。要知道「詩無達話」觀念，應已逝去。在精簡的詩句中，每一字、每一詞都應如珍珠般貴重，予讀者以豐富無比的撞擊力。詩人有如指揮萬千雄師的司令官，每一個戰士（文字），都應使其發揮最大的戰鬥意志，以免影響了全部的戰局。

〈斜倚〉是近似〈窗下〉的一首七言詩，題目為摘自首句中的辭彙，有云：

夢回斜倚對西窗　一燈慘淡正昏黃
急雨不停催陣冷　怒潮徹夜打空牆
潛龍萬丈吟深海　巨珠千尺初生光
孤島渾沌將破曉　旭日冉冉看八方

觀其詩意，上述兩首應是入獄數年之後的感喟。先前的滿腹「冤氣」已化為堅忍的意志。隱隱約約間，他彷彿期待新的時代的變化。「潛龍萬丈吟深海，巨珠千尺初生光。」表現了他的自豪與自信。如今時隔已近一世；可悲的是，雖然已「變」，但並未展現出我們期盼的光采來。國步世局，令人嘆惋。這種不幸，不只這個東方的古國為然，整個人類，都難測伊於胡底了。

而柏楊於其〈讀史懷古〉一詩中，也屢言及此，有八句七言云：

山雨欲來風滿樓　台城王氣黯然收
初聽朽塚女鬼泣　繼見文彩男士愁
大樹倒時聲厲厲　猢猻散日氣啾啾

於此，不能不想到阮籍的八十二首〈詠懷詩〉。其六十一有云：

少年學擊劍，妙伎過曲城，英風截雲霓，超世發奇聲。揮劍臨沙漠，飲馬九野坰。旗幟何翩翩，但聞金鼓鳴。軍旅令人悲，烈烈有哀情，念我平常時，悔恨從此生。（《阮步兵詠懷詩注》，頁一〇七）

八十二首皆無題目，均名之曰「詠懷」。妙在阮氏和柏楊也有鄉誼之雅。若以兩詩觀之，卻亦有其共同的痕跡可言。所遺憾者，均無年月之記。蓋詠懷旨在道性情，述襟懷。時空之背景，正是瞭解作品的關鍵。詩中「念我平常時，悔恨從此生」，表現了阮籍的孤憤，是顯而易見的。再如其七十九〈林中有奇鳥〉，表面上是詠讚「奇鳥」鳳凰，但在結尾則云：「但恨處非位，愴悢使心傷。」便躍然紙上了。較之柏楊，阮步兵的堅強意志，似乎略有遜色。柏詩中以「潛龍」、「巨珠」自居的信心，尤其和阮詩中「奇鳥」、「鳳凰」有類似的象徵意味。在於柏詩是：

急雨不停催陣冷　怒潮徹夜打空牆
潛龍萬丈吟深海　巨珠千尺初生光

而阮籍詩則云：

高鳴徹九州　延頸望八荒
適逢商風起　羽翼自摧藏

在意境上實屬一物之兩面，且「九州」、「八荒」和「萬丈」、「千尺」名詞的交互運用，似乎也非偶然而致，應有其在意識上的契合之機。再如同以龍、鳳取譬，更是最好的證明。在傳統文化裡，龍、鳳本就是至尊至美的象徵。這一心態，頗可說明柏楊對中國文化雖有其不滿的一面，卻亦有其深愛的情結。若在一知半解之輩，便全然否定之，或全然肯定之了。

〈讀史〉和〈冤氣歌〉的技巧，大致相似，而心態則異。柏楊在此一實質上為詠懷之作的四十四行長詩中，列舉了二十八位國史名人，包括大將、策士、學者、詩人、史家、哲人等的不幸遭遇。他不似在〈冤氣歌〉中，時時流露出個人的批判，卻出之以惋惜和同情，有云：

一讀一流淚　一哭一撫胸
獻身繫囹圄　憂國罹刀鋒
中華好兒女　幾人有善終
不如懵懂人　扶搖到公卿

柏楊在列舉了眾多忠臣、烈士如周亞夫、王陽明、伍子胥、岳飛及袁崇煥之悲劇以後，以不著痕跡的感慨，作了沉痛的控訴。所謂「好人不長命，禍害一千年」似乎是數千年歷史的軌跡，中、外皆然。鄭板橋倡言「難得糊塗」，果有真理在乎？天道忌全也忌才，令人徒增喟嘆而已。詩中「扶搖」一詞，尤具嘲弄意。詩末云：

此中緣何故　欲言又無從

在似乎沒有答案的詩句裡，我們倒領悟出這個冥冥的道理來，比之號啕狂歌，更有無盡的悲痛在。末句「無從」二字，無異乎千千萬萬英傑、文士的血淚冤魂之哀嘆！

一般言之，柏楊的詠懷詩，多屬象徵之作，其意志是堅定無比的。但「尚存一息仍吟詩」的具體抒懷並不多。唐代大詩家李白則反是：他自各方面寫出自己的懷抱，有云：

五岳尋仙不辭遠，一生好入名山遊……先期汗漫九垓上，願接盧敖遊太清。（〈盧山謠寄盧侍御虛舟〉）

楚人不識鳳，重價求山雞。獻主昔云是，今來方覺迷。（〈贈從弟冽〉）

撫劍夜吟嘯，雄心日千里。誓欲斬鯨鯢，澄清洛陽水。（〈贈張相鎬二首〉）

甚至於有云：

少年不得志，落魄無安居。願隨任公子，欲釣吞舟魚。常時飲酒逐風景，壯心遂與功名疏。（〈贈從弟南平太守之遙二首〉）

故柏楊襟懷之雄，似不減於李白，充滿了「大我」的氣魄，如〈自詠〉云：

紛紛大雪阻春風　春風剗地生青草
茫茫黑夜困金烏　金烏破海掀天曉
辛苦艱難雪夜時　一寸光陰一寸老
斷腕男兒不自憐　偏對無涯雪夜笑

比之李白詩，柏楊雖在技巧及遣詞上遜色，而就氣魄言，則抗白綽綽有餘了。詩中「紛紛大雪」等句，何其壯麗；而「掀天曉」更具強大的動感。至於「斷腕男兒」的風貌，「雪夜笑」的背景，就更令人為之沸騰、鼓舞了。

即便是在懷人的作品中，也可看出柏楊的心性與志氣，如〈懷孫觀漢〉云：

萬籟都從耳底收　孤鳥長啼山更幽
東風吹合離離草　殘日會逢晚晚秋
飄泊地涯驚淚眼　仃伶海外託歸舟
天生我輩人間世　一點赤心證白頭

他使用了「鳥鳴山更幽」的意境，使此懷人之作，更見典雅深沉。首句先呈現出一幅淒清的圖畫，故而更擴大了「懷友」的情操。雖是抒情，但結尾則是詠懷的。在篤於親情、人類愛之中，更可窺見柏楊的友誼之一面，書中〈謝虞和芳〉屬之，有云：

孤島渾沌夢初醒　日暮方知草色青
英雄枉被兀鵰誤　柔腸空付兒女情
極目江山如圖畫　願君慧眼看蒼生
戰馬仍嘶人未老　待碎殘月迎曉星

此詩寫於七十年代初，海外盛傳柏楊將遭處決。為了安慰遠方友人，乃寄此詩。後四句顯示出他的意志之堅決。「戰馬仍嘶」何等悲壯。在獄中為之，豈不更令人低徊讚嘆？

於此，不妨再引李白〈獄中上崔相渙〉詩及〈繫尋陽上崔相渙三首〉，以為柏楊胸懷的另一證詞。白詩其一云：

邯鄲四十萬，同日陷長平。能迴造化筆，或冀一人生。

其二則云：

毛遂不墮井，曾參寧殺人？虛言誤公子，投抒感慈親。白璧雙明月，方知一玉真。

柏楊與李白，同是以「政治」理由而繫獄的。李白僅有〈上崔相詩〉共四首，且所上者為同一人——崔渙。即此而言，雖不必超越前代大家，但說柏楊出手不凡，當非虛語。柏楊在獄中詩的創作上，言質言量，都可說是無可匹敵的巨星。這是真正的以生命完成的血淚詩篇。前無古人，後亦難有來者。

由此而言，不禁深感古典詩之特別優越處，實非其他文體可以企及。易以現代詩或語體散文等形式，均將失其壯闊的風貌，失其深沉的氣魄，以及音節上的美感經驗。

在重溫古詩之餘，我也禁不住憶及近人夏濟安教授在〈對於新詩的一點意見〉中的另一段話：

> 五四運動是中國認真接受西洋文化的開始。我們誰不愛惜中國文化？眼看著年輕的時候所喜歡的，或是習以為常的舊東西，逐件消失，代之以希奇古怪的洋東西，心裡總有點不舒服。但是大勢所趨，不論多麼頑固的戀舊懷古的人，恐怕也只好勉強接受西洋文化激盪而產生的新文化。（《夏濟安選集》。頁八六〇）

這話說得平實而客觀。但「大勢」誠然是「大勢」，我們卻不能不承認古典詩的藝術價值。這正如中式長袍（包括旗袍），雖然已不為日常所穿用，但它裁剪和審美上的藝術成就，是不能否認的。我們雖以時勢演變，生活調適，無法恢復其往日風華及使用價值，但何礙於它的文學及藝術地位呢！〈鄰室有女〉和〈囑女〉等篇，便是最具體的例證。同樣的素材，若代以「現代詩」的形式，其震撼力將減色幾許，大概是無庸置疑的。七十餘年前，胡適之於病中讀完《越縵堂日記》後曾題：

五十一本日記寫出先生性情；
還替那個時代，留下片面寫生。

我們可以說，《柏楊詩抄》中的每一首詩，也完成了此一使命！

六、餘音繚繞——淺論出獄後的幾首詩

我的朋友中，雖然或大或小的均有幾度災難的生活；但無人比柏楊的不幸和苦難之嚴重。他入獄九載有餘，生命徘徊於死亡邊緣者數次；重獲自由，乃是意外。誰知他竟在牢獄中對史學獲致特殊的成就，更難得的是創作了四十餘首古典詩篇。就文學發展史而言，這無異是逆流而上，且因之而獲得國際桂冠詩人獎，則更令人驚異不置了。

我對他在獄中創作的四十首（有些係以指甲刻畫於石灰牆上）古典詩，即所謂傳統詩，讀後特別震撼，以至於為它們寫了長達約四萬字的評論，即〈國家不幸詩家幸〉是也。這是最傑出的獄中詩。中外文學史上，大概難有其匹了。

而出獄以後的將近二十三、四年中，他的史學、文學（散文、雜文）之寫作，更為豐碩，估計已達二千萬字左右之間。若說驚人，應也非誇大之詞。

可惜的是，他對古典詩之寫作，則僅有十五首而已。相較於其史與文的數量，真不可道里計了。問題是，詩、文豈可以數量計？清．劉熙載有云：「詩可數年不作，不可一作不真。陶淵明自庚子距丙辰十七年間，作詩九首，其詩之真，更須問耶！」

柏楊之詩，最令人嘆賞低徊者，即在於此。他流露於筆端者，若去量度，這「真」的重量，大概每一讀者，均將有「難以負荷」之感。試看〈重返故居〉：

三十年前此門中　緩緩兒語伴笑聲
笑聲已杳人老去　曲廊仍掛舊時燈

詩題之後有副題「重返當初被捕時台北敦化南路故居」數字，說明其成詩背景。這數字使我立刻湧來一陣淒風苦雨般的悲涼。我曾到這一「故居」造訪過。當時，柏楊遷入還不太久。早先，他的寓所可以「貧寒」二字來形容。「添了一套新沙發」即是大事，故其夫人艾玫特專函邀我，前往參觀分享。當年，大家但得溫飽，於願足矣。此敦化南路故居，乃是柏楊數年間「筆耕」的收穫。雖談不到豪華，但充滿了「新」氣。他的么女約五歲左右，兒童天真嬌愛之狀，真正如花之綻放，但誰能料到，這一溫暖的小巢，竟是他被捕、走進牢房的所在呢？

於此，我們想到唐人崔護的一首名詩：

去年今日此門中　人面桃花相映紅
人面祇今何處去　桃花依舊笑春風

柏楊當然對此詩也有記憶。它寫「物是人非」的滄桑，以二十八字創造出一幅落寞惆悵的悲劇。而柏楊的〈重返故居〉則已經超越前代詩家遠矣。想想：「去年」怎能比擬「三十年」？「人面桃花」又怎比「緩緩兒語」之親密動人？那「相映紅」和「伴笑聲」相比，一為靜態的平面，一為動態的立體，當然更不可以道里計了。

復次，「人面消失」又何能比「笑聲已杳」及「人老去」催人心肝之甚呢？而「一叢桃花」比那「舊時燈」自更不能望其項背了。因為，「燈」還有其光明、美滿及團圓的象徵！況且，它也極易使人想起：「當初那掛燈的人，何處去了？」「人已消失，為何沒將燈也帶走呢！」且不僅此也，柏楊寫情，極其「細緻」。「兒語」出之以「緩緩」，更使人為之「拍案」。要知道，學語的孩童，講話還不俐落，乃是必然的風貌。古今大詩人，有多少能之呢？

這「緩緩」二字也顯示了他偉大的父愛。中國向來提倡、尊崇「孝」的德性。但處今之世，「慈」之一字，也應予以嚴正的推崇了。可嘆生物皆「慈」之德性，近世風氣惡質化，人而不慈、乃至凌虐親生骨肉致死者，竟也不鮮。真禽獸之不若矣！

於此，我聯想起清人毛先舒《詩辯坻》之言：

> 曹子建言樂而無往非愁，言恩而無往非怨，真〈小雅〉之再變、〈離騷〉之緒風。

我們於讀鑑柏楊的古典詩篇之際，若能參讀毛氏之言，將可深得三昧。而對古典詩，也將獲致新的價值觀念。倘若以現代詩之手為之，能否獲致餘音繚繞之效，便是疑問了。至謬於世俗之見，認為我們的傳統詩業已落伍，則近乎膠柱鼓瑟了。東坡有云：「文章豈在多，一頌了伯倫。」是也。

對於悲慘的牢獄生活，在幸而告別之後，誰還會前三、再四的前去憑弔呢？有之，則柏楊是也；憑弔之餘，誰還有「心」以詩概述胸懷呢？在文學史上，大概絕無僅有？詩題為〈綠島呼喚〉，便令人玩索不盡：

晚霞如火燒古城　群山齊動傳笳聲
孤島有情長夜泣　蟄龍沉睡海吐腥
無邊風雨蕭蕭去　曙色穿雲一線明
法場鮮血囚房淚　癡心仍圖喚蒼生

其副題有注云：「出獄之後，建人權紀念碑之前，曾三返綠島，四入囚房，萬感交集。」他所念念不忘者，蓋「人權」也，非僅個人的不幸而已。

我曾數次訪問這個小島，看來非常孤寂而荒涼。但對柏楊而言，卻是有情而長時夜泣的孤島，卻是彌滿腥氣的人間。但這些無情的風雨終於散失了，天色也將明朗，回憶起囚房中的血淚悲劇，依稀在目。而他對於人世間的祝福，卻依然毫不灰心。一般人對可悲的命運，絕少有興趣再去溫習。而且，唯恐其去之不夠迅速、不夠乾淨。

仍肯去憑弔那血淚場地者，大概唯詩人與英雄了。

但如此感慨，如此追求，若是以現代散文、現代詩篇為之，必將大為失色。這正如開往戰場的將士，未曾以鎧甲相佩；縱然同樣戰志昂揚，但予人的戰鬥精神，略遜一籌則是必然的。

在風格上相似的，尚有〈《回憶錄》尾聲〉：

九天翱翔闖重雷　獨立高崗對落暉
孤鴻不知冰霜至　仍將展翅迎箭飛

《回憶錄》係柏楊口述，由周碧瑟執筆，於一九九五年十一月間完成的。距柏楊出獄之日，已經十八年了。回首大半生的折磨、災難、人世，當然感慨萬千。但柏楊的意志卻絲毫未變。四句詩均以象徵的手法，表達出他的不屈不撓的抱負。一般言之，柏楊的這些詩篇，基於其悲愴的遭遇，或流於怨憤、或流於豪放；可貴的是各有深遠的意旨在。

在全部詩作中，〈賀周碧瑟博士生日〉應是看來風格比較「輕鬆」的作品，實則，非也。

君云四五已經老
我云四五正妙齡
當我三十郎噹歲
可憐君還未出生

稍一掠目，我便聯想到陳子昂的〈登幽州台歌〉：「前不見古人，後不見來者。念天地之悠悠，獨愴然而涕下。」一般賀生日的詩篇，多為讚許當事人的德業；或記敘彼此間的深厚交誼。而柏楊則出以深長的生命詠嘆，此其所以超越處。它看來平淡，跡近幽默，實則飽含人生滄桑之嘆。歲月如流，又奈之何哉！

於此，我們很容易想到哥德於其《對話錄》中之言：

不要說現實生活沒有詩意。詩人的本質，正在於他有足夠的智慧，能從慣見的平凡事物中見出引人入勝的一個側面。必須由現實生活提供做詩的動機，這就是要表現的要點，也就是詩的真正核心；但是據此來鎔鑄成一個優美的、生氣灌注的整體，這卻是詩人的事了。

周碧瑟以偶然的際會，而主動自薦，為柏楊寫傳，合作成功，良可嘆賞。柏楊以「可憐君還未出生」作結，正是大詩人的懷抱。全詩看來似乎輕易為之，實則胸懷萬千也。

這也正是我在讀了他的獄中詩之後，一直有份深切的期許，期待他出獄之後，依然對讀者提供其卓絕的、鮮見的中國特有傳統詩篇。此一形式的藝術價值，絕不可能因歲月之流逝而沉淪消失；也不可能因文學的變遷，遂滅失其萬千風華。

我稍感遺憾者，厥為〈悼江南〉一首。詩前有云：

一九八四年，江南遇刺，適在愛荷華，急奔舊金山。當時，謠言四起，華人知識份子，人人自危。

江南其人，早年台北的廣播及報業圈內，尚有微名。我與彼且有短期同事之雅，但並無任何私交。對其不幸遇刺，自難置詞。不過，柏楊謂其事造成「人人自危」，恐誤信傳媒之故也。人常為個人閱歷而形成某項主觀，賢者亦所不免乎？

可能是柏楊一生甚少親人之愛吧？在《回憶錄》中，我們幾乎看不到關於天倫之樂的片段描述。頗令我為之愀然寡歡。幸而在出獄之後的古典詩篇中，有〈祭姊墓〉一首。他在返回闊別五十年的故鄉，得以弔祭乃姊之墓。全詩凡二十句，由娘親逝世、阿姊抱弟泣於床前開始，展開了一幕幕辛酸的悲劇。原來柏楊身世，極為淒涼，甚至對親生之母氏，都毫無印象。而唯一的胞姊，在後母的虐待之下，遭遇更為不幸。唯在堅強的傳統倫常觀念下，她卻付出不亞於母氏的關懷。最末四句詩，柏楊道出他對乃姊的無限哀思，使人欲淚：

冥紙一捧焚墓上　能有幾文到九泉
地下應聽淚聲喚　重結來生姊弟緣

詩中所流露的悲思之情，倘然以散文為之，必將減色。以前胡適之先生曾將一部版式稍亂的名著借予大詩人徐志摩閱讀，他表示興味索然，但另換了一部版式較佳的同一著作，徐便讚不絕口了。何況完全相異的文體呢？

職是之故，我對柏楊的選擇和創作，深為嘆賞。古典詩在技巧上的變化，顯然最具靈活的質性，而「餘音繚繞」的藝術魅力，乃飄然而至。我期望它們之早日出現於大千世界，即在於此。昔唐代大詩家有云：「片言可以明百意，坐馳可以役萬里，工於詩者能之。風雅體變而興同，古今調殊而理異，達於詩者能之。工生於才，達生於明，二者還相為用，而後詩道備矣。」柏楊的獄中詩，發揮了淋漓生命的極致，為它，幾乎付出了自己的生命，乃至具有熱血的難友的生命；出獄之後的詩篇，則充分表現了人生的哀歌及悲壯的豪情。先後輝映，豈偶然哉！

《曠野》的譬喻藝術

一、從譬喻中看瘋子形象

文學創作是文字完成的藝術，基本上是抽象的。但任何藝術的終極目標，無不希望達到「具體」的理想。唯有使其「具體」化，方可獲致生動、感人的極致，實現藝術的真正使命。

如何呈現出「具體」的效果呢？簡言之，修辭上的譬喻技巧，實為重要的一環。孔子云：「能近取譬，可謂仁之方也已。」《墨子．小取篇》云：「辟也者，舉也物而以明之也。」《文心雕龍．比興》云：「且何謂為比？蓋寫物以附意，颺言以切事者也。故金錫以喻名德，珪璋以譬秀民，螟蛉以類教悔，蜩螗以寫號呼，澣衣以擬心憂，席卷以方志固，凡斯切象，皆比義也。」故「譬喻」的使用，在文學創作上，實有其嚴正的意義。精巧的譬喻，垂諸百世者，屢見不鮮。《禮記》中的「苛政猛於虎」、「宮室之美，百官之富」，及《孟子》內的「五十步與百步」、「揠苗助長」、「率獸食人」、「一曝十寒」等例，均為最卓絕的創造。原來極其抽象難解的場景、政治哲學及人生萬象，透過傑出的譬喻手法，便可非常鮮活的呈現於讀者的眼前。不僅使世人立即因而澈悟，抑且在思考和感情上，和作品中的事物，產生鮮活、震撼的共鳴，從而體知世態的炎涼和悲歡。

這些感覺乃是由《曠野》而來。我和衣洞雖是四十餘年的老友，自認對他有比常人較多的瞭解。但讀完《曠野》這部主題特殊的小說，竟發現多年認識的衣洞，其實另有「不與人同」的寫作風格。不同者何？即慣於使用「動物」的生態、形貌及本能，來形容書中人物的動作，乃至心理活動是也。以前我曾驚異老友楊喚詩中對自然生物的豐富描寫，現在乃更訝異於衣洞對諸種動物（包括家畜、飛禽、爬蟲等）觀察的細微了。這是中、外作家稀有的特色；它表現了作者的心性、思想與資稟。為了具體的引證說明，今分為三項，加以敘述和剖析。

第一為對單數男性的描寫。我們試看：

①想不到，我們開口只罵了幾句，士淳就像一匹負了傷的野馬似的直立起來，兩手伸到半空中揮舞著，衝出房門。……（《曠野》，見《柏楊全集》第十三冊頁二七。以下省略書名，僅注頁碼）

（李）士淳是《曠野》中的男主角。一開始，他便以「瘋子」的風貌，出現於讀者面前。為了愛人的離去，他，一位濁世佳公子成為喪失心志的可憐蟲。在人物的刻畫中，「瘋子」的角色最難。他的心理狀況是不可理解的，他的動作是完全反乎常態的。以「職是之故，寫「瘋子」必須透過具體、特出的動作，方能呈現其奇異的內心狀態。以「野馬似的直立起來」，描寫士淳的深沉痛苦，怪異行徑，頗見創意的功力。

若是僅此一次的「譬喻」手法，乃至類此十次、八次的使用，我們或可也見之於其他作品之中，不必作深入的探討。問題是：在《曠野》中，類似的運用時時出現，而且繁富複雜，不一而足，故有探述的價值，再看：

②誰都想不到瘋子的力氣竟大的可怕，士淳那暴出條條青筋的手掌，毒蛇一樣的扣住政芬的玉腕，枯黃的皮膚和政芬雪白的纖肌顯明的成一個刺眼的對比，士淳永不會知道他現在狠狠抓住的，正是他當年連碰一下都捨不得的心愛人的手臂。（頁四一）

前述第一例，以「負傷的野馬」比喻士淳的動作；右例則以「毒蛇」形容士淳手臂上的「青筋」，均見張力。可憾者，其中「玉腕」一詞，則有偷工減料之痕。若能使用白描手法，當更佳勝。與士淳的手相襯，尤可發揮劇情的特殊效果。

我與衣洞相識時，都在「而立」之年間徘徊，時常聚談的朋友不下十餘人，如彭歌、聶華苓、琦君、郭嗣汾、司馬桑敦及潘壘等是。但大家只談文學，論私誼，不及其他。衣洞出身何校，專精為何，沒人細究。大家各有本身的工作，寫作則是業餘的嗜好而已。今天重讀《曠野》，發現其中引用不同的動物生態，譬喻書中人物的行為或動作的技巧，出神入化，使我竟懷疑他或是動物學家了。文學與作者不可分，是其原因之一。

在例①及例②中，以「野馬」、「毒蛇」形容李士淳的動作與脈管。事有意外，李士淳在神志失常下，居然闖到過去情人所住的女生宿舍。他被管理宿舍的王嫂阻擋下來，於是：

③……那人（李士淳）已經發覺他再也走不動了，……他大吼一聲，獵犬似的猛的扭轉來身子。（頁八七）

瘋子的暴烈，通常是怪異的。一、二段已有所刻畫，今再擬之如「獵犬」，尤其鮮活。前後互有照應，一絲不亂。

對於業已瘋了的李士淳，作者全用陽剛的手段描寫，試看：

④政芬猝不及防的被抓住肩膀，幾乎摔到地上。那鷹爪似的十指緊嵌在她的肌膚裡。……（頁一九）

把這些自然界凶悍的生物特色，移來形容書中人物，以烘托主角的激烈行為，可說頗得藝術的特色。又如：

⑤「妳往那裡走！」士淳像恐龍似的伸出兩爪。（頁二四八）

這種譬喻有點誇大。但瘋子予人的感受，實質上近乎一匹狂暴的野獸、或無知的生物。非誇大不足形容其特異的行徑。

李士淳的瘋，隨著周遭人物的誘導、醫生的治療，時有變化。其後，他從模糊記憶中，逐漸復甦，反映於行為上自然不同。試看：

⑥士淳高傲的昂起頭，把雙手插到口袋裡，像企鵝一樣的，邁著擺搖的大步，在客廳裡急速的走動起來，……（頁二六九～二七〇）

關於瘋子的描寫，本已變化多端，今又以「企鵝」譬喻士淳的步態，可說活龍活現了。

寫瘋子不易。以曹雪芹之才，在《紅樓夢》近五十餘主要人物中，並無「瘋子」的角色。但書中第二十五回「魘魔法姊弟逢五鬼」數段文字，寫寶玉、鳳姐「遭魔」，雪芹曾一展其寫「瘋子」的才能，只是不多而已。衣洞今以瘋子為主要人物，是以更難。他由瘋子的動作、神色反應，來塑造角色風貌，甚見推陳出新之巧。例如：

⑦……他（李士淳）大概脖子太硬的緣故，一時轉不過頭來望政芬，便目不轉睛的望著淑敏；呆呆的眼珠像一頭老牛那樣的微微的眨動著，彷彿已經了解牠可以休息了似的，……（頁二四七）

這段樸實的描寫，令人拍案叫絕。力道迂迴宛轉，卻有千斤之重。

對士淳的瘋癲，一再以「馬」來比喻。唯此「馬」非彼「馬」，試觀：

⑧……林大夫旁若無人似的又喝了一口牛奶。這一口很大，在通過咽喉時更發出很大的聲音，使得士淳像馬一樣的昂起頭來。（頁二九四）

人類的骨骼和動作，原與禽獸不同。但神志失常的人例外。在潛意識下，可能浮現出原始的生物本能來。由於作者善譬，故其筆下的人物，生動如在目前，省卻不少力氣。又如：

⑨朋友們衝上來捉住士淳，費了九牛二虎之力才把他（李士淳）的雙手擘開，士淳氣咻咻的發出狼也似的悲嚎，四肢猛烈的踢騰著，……（頁一九）

發明「九牛二虎」一詞的前人，已經見出才力。而今衣洞對於一個瘋子的吼叫，則譬之為「狼也似的悲嚎」。須知人啼與狼嚎之間，本有絕然不同的音色，今乃聲息雷同，故當事人的淪落、淒涼，便不言可喻了。聲音是非常抽象的東西。小說家以文字來敘述滄桑世變，悲歡離合，最妥適的方式是引用大家共同的經驗。而狼之悲號，一若虎之長嘯，都是普遍認知的啼叫，最易產生共鳴感。這是最大的一筆文學資產，如此善用，令人欣然。又如：

⑩忽然間，從樓梯口傳來一聲像一個垂死的猩猩發出的那種慘厲的號叫。世信在門口呆了一下，……（頁三二）

這是對瘋子的另一側寫。以「垂死的猩猩」來描寫李士淳可憐的風貌，甚是傳神。沒有這一「明喻」的手段，人們將難以理解書中人物的不幸遭遇。

接著，對於李士淳的突然闖進岳政芬住的女生宿舍之行動，以非常震懾的氣氛，如是描述：

⑪……目前那個男人不但走進女生宿舍，而且大搖大擺的走進女生浴室來了，……男性的肌肉顫動的在腳下堆成一團黑影，黑影一點一點的向她們（政芬和淑敏）逼迫，像一條巨大的蚯蚓一樣，蠕蠕的攀上浴池邊牆，……（頁八二）

就如素描之於畫家，對於李士淳各個階段的刻畫，作者均能把握其重要架構。精神失常男子的風貌，透過這樣子的陪襯，顯得異常恐怖。再觀：

⑫……各人跑回各人的宿舍，把門關起來，然後在距門最遠的地方擠成一團，彷彿那瘋子馬上就要像禿鷹似的把她們攫出去大嚼。（頁八九）

女學生們害怕，覺得「那瘋子像禿鷹」。而瘋子李士淳呢？卻以為岳政芬是一隻「比天還大的鳥」，其間截然不同的荒誕反應，寫來最見功力。又如：

⑬「我捉到你了。」他囁喃說：「你求饒也不行，海誓山盟也不行，真的，你看，她變了一隻比天還大的鳥，飛到半空裡，飛不見了——……」（頁八九）

寫「瘋子」而常以動物作譬喻，應是最不可及處。何則？蓋人而至於瘋，無異是返回原始的行為之跡象。短短數十字，既有「動作」的描寫，更有「心理」的描寫。試看：

⑭「我找到了，哈，哈，哈，哈！」

笑聲跟一隻吃人的荒鷲在幽谷裡發出的悲啼一樣，帶著陰森森的恐怖，……（頁三四）

這種豐富想像力，以乎太誇張了，但細心考察，則非此不能盡其情景。再如：

⑮「我不知道，」世信說，「看樣子或許沒有死……跑到他（李士淳）不能適應的社會裡，像一頭徒具人形的猩猩跑到現代城市裡一樣，他終於要傷害人類，而人類也終於要殺死他的。」（頁六二～六三）

前已言之，寫瘋子至為不易。右舉一節，說明了瘋子的遭遇及其悲慘的命運。不如此取譬，人們怎能理解現實社會的無情呢。

瘋子的不幸，一為漠視社會的存在，基本上是個「唯我主義者」；而社會之對瘋子，當然也必排斥與卑視。李士淳在神志失控下到達岳政芬的學生宿舍門口，即為守護者王嫂拒斥。但是：

⑯然而，她（王嫂）的恐嚇跟蚊子的聲音對大象不發生效力一樣，那人（李士淳）的一隻腳已踏到門限上，顯然的他要不顧一切闖進去了。（頁八七）

由上引十六例中，我們可以清楚的瞭解，在描寫人物、事件上，使用適切的譬喻詞，易於加強筆下人物與事件的鮮活性及動人性。綜計十六例中使用的取譬，包括負傷的野馬、毒蛇、獵犬、鷹爪、恐龍、企鵝、老牛、狼、垂死的猩猩、馬、大蚯蚓、禿鷹、大鳥、荒鷲、猩猩、蚊子及大象。由種類區分，則有猛獸、家畜、爬蟲乃至海鳥等。凡此，均豐富了修詞的功能，當得起「別具一格」的讚美。北魏酈道元之《水經注》，也擅於取譬。引用故實，使他筆下的山川景色、江河形勢，得以生動如畫，猶如眼前。由前引的取譬，我們可以獲致李士淳的風貌，及其心理變化。尤其有趣的是，在刻畫李士淳的潛在意識中，寫其喃喃囈語，也用絕妙的譬喻，如云：

⑰……她（岳政芬）跑到門前痛哭，告訴我她後悔了，對不起我，……我用鞭子打她，打的她像一條蚯蚓一樣在地上翻動，……（頁二七四）

其後，李士淳神志由於岳政芬的協助，得以清醒。他回憶往事，有段有趣的說詞，非常傳神：

⑱「我走了，茶錢也忘記付，我最啣恨的一件事是讓周世信親眼看見我狼狽不堪，我像猩猩一樣垂著雙臂。踉蹌著走到街上，……」（頁三九八）

這情景真是淒涼。以「垂著雙臂的猩猩」來取譬，將一個落魄者的風貌，完全凸顯出來，有千鈞之力。這也是最好的肢體語言，令人黯然神傷。

對於「失戀者」的痛苦感受，李士淳如此回憶說：

⑲「……失戀像一條無情的鞭子在不停的抽打，直到把人打得痲木，或打死，或打瘋。……我是被打得像一條在捕犬隊圍捕下的野犬一樣，狂吠狂奔，……」（頁四〇九）

這段狀述「失戀者」之悲痛心情，有「垓下之圍」的悽慘效果。以「圍捕下的野犬」形容當事者之走投無路，無從掙脫的孤絕，撼人心魄，令人泣下。唯對愛情之神莊嚴者知之。

二、周世信及其他

《曠野》的第一男主角，因用動物取譬的技巧，乃能充分呈現其悲慘的遭遇。在本節中，仍依前述方式，對第二男主角周世信，作深入的探討，旁及其他人物。透過取譬，作者非常成功的勾勒出人物的個性與善惡。

李士淳在瘋癲中縱火後失蹤。奪去他的情人的周世信，看過關於李士淳的這段新聞後：

①**世信覺得這消息像蜂子一樣的刺著他。**（頁五六）

對外物的反應，視個性的強弱而不同，視個性的善惡而相異。火災是最不幸的大難。有人聞之嘆息，有人無動於衷。而周世信的反應，則是「蜂子刺著」的感受。遭蜂子刺，乃是令人生厭的那種疼痛。周世信之自私寡情，經由此一取譬，便可看到他的刻毒的嘴臉。

但是，說到追求女生，周的嘴巴卻甜蜜而柔順了：

②他（周世信）說著，一面壯起膽，像一個得寵了的小狗壯起膽抓弄女主人的頭髮一樣，他的手指有意無意的探進政芬的腋下，……（頁六七）

在邁向愛情的路途上，每種生物各有其表達的方式，人類尤其複雜曲折。我們由周世信如「小狗」般的「動作」，當可窺見其品格如何了。追求女朋友的人，在如「小狗」外，也有如「呆雞」者……。試看周世信：

③一清早，他便想來找政芬，勉強忍耐下來，他恐怕政芬不高興，她原是叫他等她電話的，他不得不死心塌地等她的電話，他像呆雞似的守著房間團團轉，……（頁二九）

凡是陷入愛情之人，無不患得患失，而且極其嚴重。特別是如周世信之類的人物。前以「小狗」形容周某的巴結嘴臉，已經逼肖；今則以「呆雞」狀述其急迫、焦躁。人為萬物之靈，卻也具備了萬物的諸多本性。把握這一原則，始得肆意發揮。出乎意外，李悅華竟拋棄了他。當朋友旁敲側擊的勸慰周世信時，周反而故作不解狀。試看：

④「你不知道你說了些什麼。」世信像老虎一樣咻咻的說。「我告訴你我是舉例，我這個人最喜歡哇啦哇啦亂講，便是勉強一點也不放棄幫助朋友的機會。我看出你有問題。……你既然大發其急，我就閉口。」（頁三〇四）

這是對周世信的一段取譬及對話，宛轉而出色。周某失戀之後，充滿憤恨。由「對話」中，我們便可了然他是一隻心懷機詐的惡虎；若不善加注意，一旦出柙，便有被其噬傷、咬死的危險。

周世信是個小人，既有心機，又有辯才，成敗得失的觀念特別嚴重。若一旦失敗，暴露了弱點，便懊惱萬分。他在岳政芬苦惱萬分之際，提出約會，隨後發覺不妥，便悔恨交加起來：

⑤「我真是個傻瓜，」他一面走一面對自己埋怨，「為什麼提出晚上的約會？在這麼炎熱而吵鬧得心亂如麻的場合，她又面臨著一件不知道如何是好的重大事故，我不僅自討沒趣，還毫無遺漏的表現出我是個沒有頭腦的豬。」（頁一一五）

如此自責，只因為顯露了自己的笨拙。周世信斤斤計較之心甚重，萬一失敗，必全力以赴的挽救和擺平。他用「豬」形容自己的蠢，使其懊惱神色，乃能躍然紙上。

周世信曾數次找李悅華，均被屏諸門外。但他和李士淳不一樣，仍然鍥而不捨的尋找往日情人，不達目的不休。書中寫周世信乘著計程車先到悅華的家中找她，又到維克大學的女生宿舍找她；失望之餘，再折返李悅華家中，乃是近乎瘋狂的行為：

⑥振綱向司機作一個手勢，車子回頭行駛，世信微微的駝著背，從擋風玻璃向馬路兩旁人行道上搜索，希望能搜索到什麼跡象，……如果他這時候在路邊發現她（李悅華），那才是上帝賜給他的良緣。（頁三〇八～三〇九）

右一段中的「駝」著背，便是著力的描寫。如駱駝般的背，說明了周世信的急迫心緒。換以其他取譬，必然失其逼肖的光彩。

同時，我們經由上引六例，也更勾畫出周世信的自私和反覆多變的嘴臉。現在不著痕跡的，以動物取譬的方式，呈現出周某的潛在心態。他深知逢迎之道，又能虛情假意的討好他的目地物。基本上乃是一個獵人，躲在暗處，伺機出擊，從不空手而返。但偏偏有不少人墜入其網罟之中而不自知，或者為其捕獲而入其陷阱，被折磨而死。

李士淳和周世信乃兩個全然不同之對比人物。李士淳天性渾厚，前述的十九項舉例，如大師畫像，大匠捉刀，凌厲有力。又以六例雕塑了周世信老謀深算的陰狠，全依其譬喻技巧，以底於成。於此，我們再看對另一男主角張泉清——李悅華的首任男友的比喻手段，作更進一步的探討：

⑦……泉清正靠著電話亭站著，長而且亂的頭髮蓬鬆在瘦長身子的頂端，活像一棵憔悴的棕櫚樹。他在那裡一直向著李家的大門眺望，驀然的發現士沛（悅華之大哥），而且士沛又直接的向他走來，使他立刻像蚱蜢一樣的一跳而起。（頁二七四）

前段李士淳形容以鞭子打岳政芬，使她如蚯蚓一樣在地上翻動，乃是他潛意識的夢想。而本段以「蚱蜢」來取譬一個失戀者的渴望與緊張，直可說是神來之想像。除了蚱蜢，我們真難找出更佳的取譬，說明張泉清的專心致志。陷在失戀之深淵中的人，如同漂浮在險惡的大海中，時刻在盼望「奇蹟」的出現，時刻在尋求一絲的「生機」。但是，「失戀比愛戀更使人盲目，再有道理都沒有用」（頁二七七）。李悅華已不再愛張泉清了，而且非常冷峻的說：

⑧「你活像一頭腦筋不清的豬。」她（李悅華）嘶啞說。（頁二七九）

接著更鄙夷的說：

⑨「我一輩子也不會原諒你，你這頭髒豬，瘋豬，瘟豬，醜豬，我瞎了眼才認識你。」（頁二八〇）

這番譬喻，凡是正陷於失戀狀態中之人，應該時刻記住。沒有比豬更像失戀者了：既蠢又笨、又醜，一點不錯。豬已令人鄙惡的了，乃更加之以髒、瘋、瘟、醜的形容。

尤顯示出失戀者的淒涼形態。

《曠野》中另一對彼此相愛的人是陸元康教授及歌女白蓉。白父使用了一切手段，阻止這段愛情；用一切力量，破壞陸元康的工作，使陸無一枝棲。陸向白說：

⑩「安陸大學沒有辦法續聘我，妳父親……說我誘姦他的女兒，……我曾經進行過海大、維大，但妳的父親像蒼蠅一樣盯在身後，攻擊的信件每一次幾乎都和我的腳步同時到達。」（頁三四九）

自陸元康的「取譬」中，我們將很容易感受到當事者的痛苦、無奈，以及走投無路的絕望。最末一句，由於近乎「歐化」語調，致使這段憤懣的情緒，未能充分發揮出來。此乃近世作者常見之現象，惜衣洞未能免也。

而對於陸元康內心的掙扎及驚恐，書中採用「做夢」的手法，將他生動的凸顯出來：

⑪元康的嘴巴再也不能合住，便是一條毒蛇咬住他的胸口都不致使他感到現在這

種驚恐，他把手指塞到口裡咬著，黑暗中他都看得到鮮血一滴一滴淌下來。（頁三六六）

寫「夢」中的緊張，寫「夢」中的驚懼，相當出色，渲染得恰到好處。

陸元康是老實人，是忠厚的知識分子。唯「老實」乃更富於悲劇性。有一段文字，仍然使用動物的取譬手段，呈現出陸元康的忠厚與癡情：

⑫白蓉把兩隻潔白的手握在胸前，……一股悠揚的〈紫丁香〉曲奏起，……於是，所有的掌聲，哨聲，說話聲，剎時間像被巨獸吞沒了似的，……只有舞步在有韻律的察察響著，悅華看見陸元康火雞一樣的偏著頭呆坐在那裡，目不轉睛的盯著台上，……（頁一四六～一四七）

這「取譬」絕妙已極。讀者閱至此節，應該啞然失笑吧？

白蓉是紅歌女，雙十年華，風靡一時，卻與大她一倍年齡的陸元康教授陷入情網。陸的受寵若驚，可以想見。但如不以「火雞」來形容，便難以生動如繪了。火雞的呆，火雞的「老」，都是形容的最佳取材。

《曠野》的主要課題，是寫愛情的悲劇，而陸元康與白蓉的愛情故事，應是最嚴肅的題材。為了處理陸、白間的不幸，使用「做夢」的方式，更增加了故事的悲劇性、震撼性：

⑬——「他睡熟了嗎？」是松青說。

——「像豬一樣。」是白蓉說。（頁三六五）

這是在「夢境」中發生的對話；透過豬的取譬，更有真實感。事實上，夢和人生，有何分別呢？

更令人稱絕的，尚在其後。陸元康對於白蓉父母及其姊姊所使用的機詐手段，一時之間陷入迷宮，不能自解。於此，更有意想不到的譬喻，以剖析白家使元康迷惑難明的心情：

⑭「你果然很利害，」白蘭（白蓉之姊）笑說，「你得慶祝一下爸爸回心轉意，

請我們吃點什麼？」

元康被這種像是從魔法師手巾裡飛出來的鴿子弄昏了，一時不知道是不是應該跳起來擁抱那些剛才還充滿了敵意的家人表示感謝，……（頁三七三～三七四）

由火雞而「弄昏的鴿子」，都是表述元康的惶惑。但這個取譬具有反諷的意味。此時的陸元康，其內心之迷惑不解，又驚又喜，又不敢置信。除了以「弄昏了的鴿子」取譬，勉可狀述外，真不易再有更好的解析、來說明其錯亂的心緒。這種以動物取譬人物的形貌、動作、心態、個性，乃是一絕。再看：

⑮光正回來後，帶著半打汽水，用牙齒把瓶蓋一一咬開，像松鼠啃噬著枯乾的橡實一樣。那聲音使三個女孩子掩住耳朵，她們相信他的牙要被格得碎成幾片了。（頁一六一）

譬喻以「明喻」為主。由於人物的生動，故能產生出最為鮮活的印象。本段「使三個女孩子掩住耳朵」，非常傳神和細緻。不料仍有更新鮮的故事發生於後：一位中學教師劉可勤，竟被精神病醫師誤為瘋子、於光天化日之下，捕獲而去，雖百辯不得脫身。試看：

⑯……以馮鑑全為首的三個醫師大概是太信賴自己的判斷，……不由分說的帶起他們的俘虜往外走。但那俘虜像鱔魚一樣扭動的掙扎著。（頁二三九）

而且更為悲哀的是：

⑰……而且還有兩三個頑童撿起石子照他身上投擲過來，一面像投擲動物園裡猴子似的互相叫喊威嚇著，……他……乘兩個助手稍微鬆懈的當兒，掙脫他們，轉身狂奔而去。（頁二四一）

這位被誤認、被抓捕的正常人名叫劉可勤。衣洞於〈我和《曠野》〉一文中透露，乃一發生於鳳山的現實活劇。這就更為「諷刺」了。他說：

所以借用他，為的是要叫李士淳能夠不太突兀的出場，並使他從瘋人院逃走的轉變不太刺眼。……書中人物真正使我酸鼻的就是劉可勤，他不瘋也得瘋。一個強大的力量肯定他瘋了時，他只好瘋了，無力掙扎。……

這種感慨，我是完全與之共鳴的。故事近乎戲筆，其實有其嚴肅的意義。尤其是以「鱔魚」形容劉可勤的痛苦掙扎，及寫頑童的向他投石，都凸顯出現實社會的盲目傷害，全無理性。這是最動人心懷的諷刺故事，可說是史家之筆。

而且在以動物取譬、刻畫人物的遭際外，尚有：

⑱……林大夫的汗珠不久便開始向下流，為了避免士淳的戒備，他忍受著那種螞蟻樣的侵蝕。……（頁二八六）

假如我們僅僅讀了「汗珠不久便開始向下流」，對於當事人的感受，大概還難體會。今以最常見的經驗，來形容林大夫的盡責及受難。現實的無奈也不著痕跡的充分表達出來，這就是取譬的功用。

三、岳政芬、李悅華及其他

在前述一、二章內，由對李士淳、周世信諸人的取譬中，當可知道男性性格相互間的不同。時地不同，應有不同的取譬。「取譬」之妥切與否，實是描寫人物之成敗關鍵。衣洞在此一方面，樹立下一項特殊的風格。在本文內，我們試觀他對女性人物的取譬，並探索她們的個性與心態。先觀書中第一女主角岳政芬部分，有云：

①「她（岳政芬）像拉磨的驢子一樣，又繞到了開頭的地方。」世信說。（頁四二三）

世信是岳政芬的第二任男朋友。陰差陽錯，他因李悅華而失去岳政芬。岳政芬為良心不安，再返第一任男友李士淳（李悅華之二哥）身邊。世信對此，不僅不自責個人之薄倖，反而斥政芬為驢子，又說：

②「只有驢子會那樣，好馬是從不吃回頭草的，誰見過好馬吃回頭草？」（頁四

二三）

中國文學中，有不少以動物特性組成的成語、諺語及詞彙。如「龍行虎步」、「狼心狗肺」、「虎背熊腰」、「雞口牛後」、「鶴立雞群」、「螳臂當車」、「蛾眉鳳目」及「獐頭鼠目」等，不一而足，且都具有生動而深刻的意義。衣洞之善於此道，應是一絕，且屬空前。

周世信的話，既顯示了岳政芬的矛盾行為，又暴露了周自己的觀感。在周世信看來：

③……政芬嫻靜的像條金魚，……（頁二五四）

金魚是可愛的，牠只會在魚缸、魚池中游動。又如：

④士淳從軟椅上拉起政芬，溫柔的挽著，政芬那戴著白紗手套的修長的手指掛在士淳的肘彎上，好像臥著一隻剛生下來的小白鼠。（頁四四九）

這種想像真是絕透。手指的纖柔狀遂得以全然畢現了。

但寫岳政芬企圖挽救神智喪失的情人李士淳，則是：

⑤……政芬也注視著他（李士淳），從他那滯澀的黑眼球中看見自己蹲到地上的狼狽形狀，看見自己幾乎竟也像真的牛一樣把頭垂到頸前，……（頁三二九）

世間有很多事物、情景、動作、風貌是不能或不易形容的。若能使用「譬喻」的技巧，便可將人物情思，充分傳達給萬千讀者。海枯石爛的感情，李商隱用「春蠶到死絲方盡，蠟炬成灰淚始乾」的取譬方式，使人極易體知。寫小人之協同為惡，用「狼狽為奸」便可一目了然，不必多費唇舌。一個因愛情而導致精神錯亂的人，欲其恢復正常，無疑是條艱辛的歷程。《曠野》使用了不少場景，來描述李士淳的親戚與家人們的種種努力。寫其老母，寫其情人的部分，最為有力。本段之淒楚出色，也由於取譬的成功。

岳政芬個性柔弱、善良，但缺乏主張。在李士淳自日本返國之後，她甚為矛盾，在入浴之際：

⑥……果然，一陣風吹來，浴室門不知道什麼時候打開了，政芬扭回頭，像觸到巨蟒牙齒似的，她瘋狂的想叫——卻叫不出來，……（頁八一）

這種情狀下，一個柔弱的女子自然是極端恐怖的。為了描述政芬驚恐所使用的譬喻，達到了應有的效果。

經過了一番驚恐，政芬當然難以入眠。《詩經》便以「輾轉反側」來形容。但《曠野》出之以他慣有的「譬喻」，極為細緻，特有創意：

⑦……尤其是政芬，頭在澎湃，彷彿有一個蜜蜂在耳朵裡和蜘蛛網掙扎，……（頁八三）

失眠多半由於情緒焦慮，心理壓力。現在以「一個蜜蜂在耳朵裡和蜘蛛網掙扎」來形容，充分呈現出當事人的無奈、苦惱和絕望，使我們立即產生「感同身受」的滋味。

對女主角李悅華之創造，更有成功之處。她之動人與引人，則似有「喧賓奪主」

之勢。

⑧……悅華卻簡直和一隻美麗黃鶯一樣。……世信寧願消受從悅華那裡得到的火辣辣的和俊俏俏的愛情，……（頁二五四）

黃鶯和金魚各有風采，但常人之易為黃鶯吸引，毫無疑問。李悅華之令人注意，使人動心，大膽而率真的天性也為因素之一：

⑨……世信高聲喊悅華的名字，悅華像一頭吃驚的小鹿，住腳聽了一下，然後拉著雪琳沿著小徑向世信站的方向跑來。文達……從沒有看見過一個熱戀中的女孩子，對男朋友竟是如此的順服。（頁二五一）

李悅華任性、漂亮、又有活力。她和第一任男友張泉清，在不明不白下分手；再轉而和周世信交往。有一段文字寫她：

⑩看樣子那青年人辯論失敗了，悻悻的一直向大門走去，悅華卻溫和的向他揮手

送別，那蛇一樣的小手，在剛剛才亮了的路燈之下搖動著，……每一步的落地聲，都那麼輕微，……（頁一〇一）

文字不多，卻包容了豐富的資訊。把悅華的手形容成「蛇」，顯示出他的活潑、可愛及自然大方。再如：

⑪……她（李悅華）那穿著高跟鞋的美麗足踝，一直在他眼前不停的俏伶伶的抖著，以致使她那輕盈的身體燕子一樣的隨時都可以撲到他懷裡來。……（頁二九八）

「美麗的足踝」可能便是她「輕盈如燕」的主要因素。她活潑的天性，和她動人的容貌，應該有其關連。但青春流露的熱情，周世信得之容易，失之也容易：

⑫「再說點別的理由！」悅華熟練的舞著，用眼睛窺探著世信；像一個蒼鷹在窺探著草叢裡的小動物，……（頁一四七）

讀《曠野》不能不注意岳政芬、李悅華，李士淳及周世信。而想瞭解其間的離合悲歡，便得透視他們的性格。岳政芬的個性，最不易塑造，心思也難以處理。而李悅華比較易於瞭解，例如右舉一段，便暗示出她的不加隱瞞的個性來。基本上，她雖天真，但屬強者的類型。

周世信對於岳、李這兩個女孩子，倒也有相當的理解：

⑬「她為什麼突然變了心？」他（周世信）心裡喊，「一定是我什麼地方得罪了她，……悅華是一條慣性慣了的小母牛，我惹火了她，我要找她，……」（頁二九九）

這取譬實在鮮活極了。對於瞭解李悅華，最有幫助。「小母牛」雖小，其蠻勁與不講理的個性，則是非常強烈的。

對於男、女主角，均有適切的比喻，如前述各節。而對次要的人物，如丁秀雲等人，也有生動、妥當的取譬。試看關於丁秀雲的描寫：

⑭「沒有關係，」悅華說，「我聽說過你和那野狐狸（丁秀雲）的事情，……錢先生，我們都同情你。」（頁二五二）

所謂「野狐狸」者，據傳「她有本領把男人搞的甘願為她跳河」（頁九八）又有「廣播肉台」、「玉面妖姬」的綽號。有一段形容得尤其動人入骨：

⑮……秀雲不知道什麼時候也擠了進來，像一個孩子撫摸著一隻陌生的小狗似的，她用她那塗滿了鮮紅蔻丹尖指甲的雪白手指，在那細而且柔的獸皮（貂皮大衣）上撫摸著，口中失態的發著不停的喘息。（頁三三七）

小說家多採直描方式，來寫筆下人物的情感，使讀者直接接觸到人物的心靈，觀察到人物的行為。對人情練達的作者，常常以最典型的動作描寫，故能淋漓盡致。今以生物的天性、動作、形貌來取譬，易於引起共鳴，更是非常顯然的事。

丁秀雲是「妖姬」型的女人。她寫情書，使用日久便褪色的黑色，其心懷機詐，不擇手段，自可想見。而在外型上是：

⑯「誰是妳的舅舅？」丁秀雲說，她在人群中像一隻白燕一樣，伶巧而飛快的穿過來，一直走到老同學們聚集的地方。……（頁四四〇）

在岳政芬、李悅華、丁秀雲等三個主要女性人物之外，對《曠野》中出現不多的白蓉之母，也有十分刻骨的取譬，如云：

⑰老頭（白蓉之父）嚴肅的點點頭，老太婆（白蓉之母）沒有點頭，但她那充滿了卑夷的馬臉樣的面龐上卻流露著肯定的顏色，元康懷疑她真的不是白蓉的母親。（頁三七二）

這位老太婆和陸元康相會僅此一次，且是死亡之會。如果不是「馬臉樣的表情」，情節便難以動人；也不夠冷酷，也不太合乎情理了。因此取譬而達到冷峻氣氛上的成功。所謂「四兩撥千金」的藝術，可作如是觀。否則，人命案怎能突然發生呢？

良好的「取譬」，在歷史上曾發揮不少力量，在文學上獲致無限情思。「問君能有幾多愁，恰似一江春水向東流」，何等感人。「皚如山上雪，皎若雲間月。」何等幽怨。所謂以他人酒杯，澆自己塊壘，省卻多少艱辛。從本文十七個例舉中，可以證明在「譬喻」方面，衣洞獲致非常出色的藝術。

四、關於群體的取譬藝術

在前述兩章中，共舉男性四人，凡三十七例。女性也有四人，凡十六例。至於群體的取譬技巧，古已有之，如「烏合之眾」、「七嘴八舌」、「三姑六婆」、「天下烏鴉一般黑」及「一齊人傅之。眾楚人咻之」等，無不精緻絕倫。《曠野》中類此例證也極為豐富，試觀：

①王嫂大叫著拔腿向樓梯那裡奔去，大家這時候才真正的像中了槍擊一樣的一群烏鴉，扯著嗓子呼號著跑著，各人跑回各人的宿舍，把門關起來，……（頁八八～八九）

又如：

②一家人靜的像躲避獵犬而把雙耳緊貼著脊背的家兔，彷彿一口稍微沉重的呼吸都能使林大夫說出絕望的診斷。（頁一一三）

這些取譬，意象鮮活極了。例①、形容一群大學女生，發現瘋子走來的吃驚情況；例②、描寫李士淳的家人，靜聽林大夫的救助良方，全神貫注的急迫樣子。找到了類似的現象，用以取譬，自然有傳神之妙。試看：

③公園門口本來遊人如織，而現在卻更像被掘翻了巢穴的土撥鼠一樣，亂成一團，顯然的發生什麼事情了。人群跟著一個拿手銬的人拚命向公園擠去，……（頁二三一）

群眾的盲目，看熱鬧的衝動，經由這一土撥鼠譬喻，便立即呈現眼前，產生立體感了。文字藝術應有此境界。

但此一境界必須具有廣泛的知識，及靈敏的聯想力，始克營造。漢高祖有〈大風歌〉，可說一時之選：

大風起兮雲飛揚，威加海內兮歸故鄉，安得猛士兮守四方。

對於人群現象，以生物界活動來取譬，相得益彰，如下面一段：

④她們不得不一齊爬到石椅上站起來，點著腳觀望，人們發現了他們追蹤的熱鬧場面就在眼前演出，便迫不及待的把當事人包圍起來，任何圍成一團而且發著聲音的人群都具有像蜂王對群蜂那樣的吸引力，被分散在各角落的人都向這裡集中了，……（頁二三五）

易卜生對於「群眾」的情緒，甚表輕視。有言云：「多數人的意見常常是錯誤的。」作者以更獨特的觀感，又描寫下去：

⑤三個人用老鷹俯衝下來攫獲雛雞的速度，在人們弄清楚是怎麼回事以前，那副發著亮光的手銬已銬到瘦子的手上，……（頁二三五）

對這一場「誤捉瘋子」的鬧劇，作者使用的「取譬」手法，發揮了不可思議的功能。

不若此，讀者或將不能接受這場鬧劇的安排，也難以瞭解這場鬧劇的心理背景。試看：

⑥三個人顯然處於劣勢，戴墨鏡的知道，面對著已經激動起來的群眾，和面對著丟了崽子的母熊一樣的危險，他驚覺到他只要一句話不恰當便會招來大禍，起碼是一頓揍——……（頁二三七）

我在二十多年前便讀過《曠野》，沒有注意到這段突出的描寫。如今旅居海外，在異國滿眼楓葉的窗前，居然有所澈悟了。再如：

⑦一小部分今年新考取的新生，話說的最少，她們被王嫂或傳達室的柳媽領到鋪位上後，便像受驚的小兔似的，先悄悄的坐下來，試探著向四周那些同樣膽怯的面孔看過去，……（頁一八五）

對於高年級的舊生，於暑假後重逢，情景自又不同，說她們是：

⑧……拴在一個槽頭的美麗的一群小馬，會自然的發出嘶鳴騰跳，和永遠不斷的

女孩子們特有的縱情嬌笑，……（頁一八五）

簡潔而生動，顯示出青春時代的少女。若小馬般的純真與朝氣。在別的小說中，很難看到這樣的場景。其取譬的技巧，不能不說「嘆為觀止」了。

可是，有的時候，卻也掩飾不住他對人群的厭惡，如：

⑨……很多男女從座位上立起，不管台上的劇情正在高潮，不管大多數人渴望著看到底，他們就像一群受了傷的西藏野犬，轟轟然向場外衝出去。（頁一〇八）

巧的是，總離不開用自然界的生物來作譬喻的對象。對於常常觀劇的我，共鳴之感特大。至於描寫婦女們的打牌，三心二意，拿不定主意，也有絕妙的明喻：

⑩……她們抓了一手牌就像抓了一隻螃蟹一樣，簡直不知道怎麼辦才好，……（頁一四一）

我們不能不驚訝於他有如此貼切的形容。他對婦女在牌桌上的猶豫不決，刻畫得如此新奇出色，實在難以想像。

關於女孩子的描寫，在岳政芬、李士淳的結婚佳期中，其巧妙的明喻，也甚有趣：

⑪以女同學佔多數的海大同學們擠在最通風的甬道口那裡，和擠在海灘上的雌性企鵝一樣，重重疊疊，圍著幾張已擺好了碗筷的圓桌，……（頁四三八～四三九）

描寫群眾的活動最不容易。個體性格既然不同，又必須找出共有的特色。什麼是主，什麼是從，必須仔細挑選。否則便難免掛一漏萬之虞。而今在「企鵝」中特別用「雌」企鵝來代表，尤見出眾之至。又如：

⑫同一天的上午，海大女生宿舍亂烘烘的像一團被踢翻了的螞蟻窩。……（頁一五四）

當五十年代前後，大學開學或放假時，女生宿舍常有比原來住校生兩三倍以上的人；前來幫忙那些女孩子提這拿那的，不計其數。不以一項明喻透示給讀者們，我們很難想像女生宿舍之忙、之亂。寫群眾最不易，有之，其為曹雪芹乎？他寫秦可卿之死，由鳳姐料理喪葬事宜，有條不紊，最見功夫，也最見魄力。

李士淳之瘋，使其家人飽受驚嚇；場景的描寫，最難展布。但在妥切的「取譬」下，讀者乃有身歷其境之感：

⑬士沛一把沒有按住，士淳已掙脫母親的雙手跳起來，於是，像從天花板上掉下一條毛蟲似的，客廳裡人們發出一陣尖叫，玉蘭迅速的投身到她丈夫懷裡，士沛伸手阻止瘋子向母親襲擊，……（頁二六八）

使眾人吃驚的場面，必須具有衝擊力的事件發生。論人觀世，必須有銳敏的視野，及傑出的聯想力。如云：

⑭元康的死使白蓉的聲譽和身價一夜間上升百倍，大概任何名女人，她們之能夠成為名女人，一定都要有若干男人作她們的肥料；像地蛛一定要產卵在被牠刺死的地蛛肚子裡一樣，幼蟲賴那腐爛的地蛛屍體而成長茁壯，名女人也是如此

，她們靠著腐爛的男人屍體和腐爛的男人靈魂而成長茁壯。（頁三七七）

這觀點可能最受爭議，但有其客觀的事實。作者依然使用生物界的現象取譬，特別發人深思。是的，人之異於禽獸者，有幾何哉！

總之，對於男、女個體的活動，作者曾以三十六種生物來取譬，可說是個小型的動物園了。言其種類，包括群體在內，可分三部分。今列表如左：

（一）用於男性個人的比喻：

野馬、毒蛇、獵犬、鷹爪、恐龍、企鵝、老牛、馬、狼、猩猩、蚯蚓、兀鷹、鳥、荒鷲、猩猩（重複）、蚊子、大象、蚯蚓（重複）、野犬、蜂子、小狗、呆雞、老虎、豬、駱駝、蚱蜢、豬（多次重複）、瘟豬、蒼蠅、毒蛇（重複）、火雞、鴿子、松鼠、鱔魚、猴子、螞蟻。

（二）用於女性個人的比喻：

驢子、金魚、小白鼠、牛、巨蟒、蜜蜂、黃鶯、小鹿、蛇、燕子、蒼鷹、小母牛、野狐狸、小狗（重複）、白燕、馬臉。

(三)用於群體的比喻：

烏鴉、家兔、土撥鼠、蜂王、雛雞、母熊、小兔(重複)、小馬、西藏獵犬、螃蟹、企鵝(重複)、螞蟻窩、毛蟲、地蛛。

從上表看，僅就對人物的取譬，總共使用了六十七次；除去重複的部分，計引用了五十八種動物(生物)。或用其形貌，或取其特性，可說洋洋大觀了。這是少有的寫作風格，令人驚奇的癖好和特色。甚至於闡釋愛情，亦用此風。如云：

⑮「……你要知道，愛這種東西最能壞事。它壞起事來的力量遠超過一頭撞進磁器店裡的蠻牛，連最貴重的東西都會撞個稀爛的。」(頁三一一)

以這種「取譬」的手段來詮釋「愛」，可說既別致，又鮮活。原因是其中有了一隻「蠻牛」。這種特別的修詞技巧，在我們的經典巨著中，原已有之。為了提供參閱，不防一觀歷史上的偉大作家孔子之言：

1. 子謂仲弓曰：「犁牛之子騂且角；雖欲勿用，山川其舍諸！」(《論語．雍也》

）

2.孔子曰：「虎兕出於柙，龜玉毀於櫝中，是誰之過歟！」（《論語・季氏》）

3.孔子曰：「今之孝者，是謂能養。至於犬馬，皆能有養；不敬，何以別乎！」（《論語・為政》）

4.夫子憮然，曰：「鳥獸不可與同群；吾非斯人之徒與、而誰與！天下有道，丘不與易也。」（《論語・微子》）

除了《禮記》上孔子以「苛政猛於虎」為例外，出於《論語》者也復不少，有如上引。甚至於孔夫子的高足子貢，也有此癖，如云：

5.子貢曰：「惜乎夫子之說君子也！駟不及舌！文猶質也；質，猶文也。虎豹之鞟，猶犬羊之鞟也！」（《論語・顏淵》）

在短短數語中，竟舉用了兩個以動物做譬喻的例子。較乃師尤有過之。可謂「青出於藍」了。類此之例，包括《詩經》、《孟子》、《史記》、《紅樓》，實難以備舉。

無論中外，這項資源都是最寶貴的遺產。只可惜在日漸重視科技、物質、現實等風氣下，逐漸為絕大部分作家所忽略了。衣洞憑其博而不群的個性，深入的觀察力，將是項繁豐的資產，在其作品中，做了最出色的經營。姑不論《曠野》的主題、結構、對白、人物等方面的成就，僅就「譬喻」的技巧而言，便表現了他獨特的稀有風貌，且可窺見其對人生的觀點及對文化與歷史的深沉思考。我們若單以「技巧」論，則未見其大了。

《怒航》中的孤憤吶喊

一、兒童與社會

三十餘年前，我曾寫過一篇評論《怒航》的文字。五年之前，我得暇重讀這本短篇小說集，始覺前寫難免淺薄之譏；對於原作的精髓，實未能道出十一。去冬閱讀，便又有了新發現。但我仍無另寫評論的意願。直到最近（一九九三）再讀，想再寫的情緒，竟油然而生了。作者於序文中說：

> 人生本來應該快快樂樂。世界上所有的動物，人是唯一的幸運兒。可是幸運兒的苦難，卻似乎比其他不幸的動物要多得多。我們看見野獸間互相迫害，難免

十分震驚；但對人間的互相迫害，反而往往無動於衷。大概是習慣成了自然的緣故吧！這對那些天真、活潑，終有一天要長大成人的兒童而言，真是一種可怕的刑罰。使身為父母的人，一想到他們免不了要跳進這樣的社會，便不由得興起無限憂傷。

這是今番忽然企圖再寫之關鍵。作者提到「天真、活潑的兒童」，使我憶起小兒六足歲又半之時，仍不會自己找襪子，自己穿衣服，最多只會穿鞋子而已。誰知一天我送他上學後，從教室窗口看他剛剛坐下，鄰座的一位女生，便向他提出抗議，說他的手臂侵佔了她的桌面。接著，她又拿出一個牛奶紙盒，重重的放在他的面前，說：「你的牛奶紙盒，為何放到我的抽屜中來？」我見兒子非常難過的分辯：「這不是我放的牛奶盒子。」又說：「我只在我的這一半，並沒有佔到妳的那一半呀！」說著他指著桌上的一條線。那個女孩比他大，氣勢凌人，欺負他幼小，不老練，有些咄咄逼人。我只好走進教室，向她提出解釋：「小朋友，妳看到黃克銘（我兒學名）把牛奶紙盒放到妳抽屜中嗎？」她說「沒有」。我便告訴她：「這種紙盒牛奶很多人都用過，為什麼一定說是他放在妳抽屜中呢？」她的銳氣立刻大減。我又說：「小朋友在學校要互相幫助，不要爭吵啊！」在回家的路上，我突然感到年甫六歲的兒子，一出家門，進入這小小的社會，便要嚐受種種料想不到的冷酷了。職是之故，我讀了衣洞的序文，心中至為震悸。他「無限憂傷」的胸懷，特別使我敬佩。這種寫作動機，就使我發生最大的共鳴。寫小說首先擔心天真活潑的兒童，無寧是宗教家的慈悲了。

而目前的社會，更嚴重於作者寫此序時的十倍。不必成人，小小年紀即必須和無情的社會密切接觸了。

現在十四個年頭又過去了，對於人生這一門大學問，我自然多讀了好多章，重讀《怒航》時，倍感親切，乃知作者之觀察和體驗，比我深刻入微，早在二十餘年前了。

二、長舌與眾耳

全書包括十二個短篇。我們讀它時，若能時時想到作者序文中的話，將可獲得更多的瞭解。他以無限同情之心，來刻畫人生百態，指出人類的愚昧自私。這一點和胡適之先生的觀點，不謀而合。胡先生在《晚年談話錄》中曾說，最不能忍受的即是人們的愚昧。的確，人們只看到燒殺劫掠之可怕，其實產生這些的，還是來自「愚昧自私」這個無形的惡魔。可是，如何消滅它，卻又無所適從了。我們不知道愚昧自私這個魔鬼藏在哪兒。幸而有心的作者，於萬千眾生中，為我們選了幾個典型人物，供我們參照，供我們反思。

第一個人物是齊桂芳——〈七星山〉中的女主角。她是一個名聞遐邇的長舌婦。古人曾有「眾口爍金」的話，可知口舌之厲害。但是，一個「長舌婦」的可怖，我們卻彷彿還沒有創造出一句成語，加以充分形容。作者在〈七星山〉這個短篇中，以幽默而誇張的手法，提示出來。

他似乎有意的為這個喜歡搬弄是非的人物，特別取個好名字——齊桂芳，以收相反相成之功；正如聽人指使的僕從，取名為項仲羽；相貌庸俗的女性卻名為趙黛玉一樣。一開首，作者便以輕鬆迂迴的手法，對話形式，將那位長舌女人，先勾出一個暗影：

「你記得中西航空公司盛平號撞山那回事嗎？」

「當然記得！」

「那麼，你一定認識齊桂芳了？」老王說。

「不。」我說。

「我朋友的太太。」

「你是不是就要說到關於她的故事？」我說。

「對了，」老王說，「德洪，你抬起頭來，就可以看見那座高插雲霄的七星山。」

「是的。」

「那女人的舌頭能把它剷平。」

好，引述至此。一共九句話，約莫百來個字，但故事的主題已隱隱透露出來了。

作者不只對人名的辭意頗為「慎重」；即是題名〈七星山〉，也有其來歷。按「七星」乃「星宿」也。據《辭海》云：「二十八宿之一，朱鳥七宿之第四宿，有星七，六屬長蛇座，星宿一即此座。」而《史記．天官書》則云：「七星，主急事。」如果這段注釋屬實，更見作者的細心安排了。〈七星山〉這一題目，已暗示出許多意義。

前已言之，全篇使用的是誇張和幽默的風格。這種氣氛的掌握，也充分表示了作者的智慧與不苟。我們試想去表現一位喜愛搬弄是非的女人，除了幽默、誇張，還有什麼更妥切的手段呢？蓋既云「長舌」，其本人乃百分之百的天然誇張人物。若不誇張，豈得謂之「長舌婦」哉！

但若僅僅「誇張」，則又失去「控制」，變成為「長舌之奴」了。故作者又以「幽默」這一皮韁，加以約束，予以棒喝。一縱一放，乃得據鞍奔馳，使刻畫的人物，不致任意放肆，全無章法了。

然而「誇張」和「幽默」，均是不易運用的手段。第一是不宜過分，否則，便有畫馬而成駱駝之譏。第二流於插科打諢，便有傷大雅了。

且幽默形諸文字，實為最難。以曹雪芹之雄才，在《紅樓夢》人物中，也僅於寫鳳姐和黛玉為之，非捷才者不與焉。

而作者之幽默感，友輩咸知，故可謂得天獨厚者。因有此條件，〈七星山〉乃能收放自如，描畫出一個集大成的長舌婦齊桂芳來。

很顯然，作者對此一「女主角」有絕大的厭惡感，他藉「老王」之口，在〈七星山〉的首頁，如此表示：

「她（齊桂芳）是一個絕物，」老王說：「世界上有這麼一種人。你和他一旦相識，便等於把辮子交到他手裡，任憑他擺佈了。他會使你後悔的巴不得和他根本不相識。齊桂芳便是這一種人。」

這談話有點懸疑味。接著又表示：「我向來不和人開玩笑。我說你有福，是因為你從不認識齊桂芳，而且以後也永遠不會認識她。」在「懸疑」之外，又加上一個暗示，即這位「舌頭能剷平七星山」的女人，業已自人間消失了。

故作者特別為「我」取了一個寓意很深的名字：「德洪」。若不是祖上有德，或者個人德業兼修，恐怕那叫齊桂芳的女人，一定會找上門的。

正如《荀子》所云：「贈人以言，重於金帛；傷人以言，重於斧鉞。」莫看輕了「長舌婦」的爆炸力和殺傷力！

齊桂芳和老王的妻子玉薇是同學。玉薇讀高三，齊才進初中。作者在教育程度上的聯繫和比較，便具有幽默感，及巧妙的安排作用。這一點細微的泛泛關係，使齊桂芳成為「玉薇消息」的權威。玉薇拋棄了千萬家產的繼承權，放棄了去美國讀書的巨額獎學金，和相戀的老王剛剛度完蜜月，竟然有傳言說，玉薇和隔壁餐廳的經理吊上膀子了。

經過調查，原來是齊桂芳的「傑作」。根據何在呢？作者在〈七星山〉中有段對白描寫，最為叫絕：

「不會？」她說。「你不信的話，明天起早一點看看就知道。玉薇天一亮，就拿把掃帚到門口掃地。要一直掃到那男人上班，兩人見過面才回去。」

「鄰居們打個招呼算不了什麼！」

「可是她那種笑的樣子和普通人不同。你為什麼不早一點起來看看。那場面真有意思。」

「天下本無事，庸人自擾之。」長舌婦是最典型的「庸人」之一。但她們自己，卻每每以「天才」自居。特點是「想像力」超人豐富，其次是「毀人為快樂之本」，第三是「

嫉妒心」特強之下，於是產生「唯恐天下不亂」的自卑感。看了〈七星山〉前幾段，你就對「齊桂芳」這個好名字，反感擴大起來，認為她應改名為「甄騷臭」才合適。

這種人的第四個特色，是精力旺盛，腳力和視力特健。故別人看不到的地方，她的視神經，雖顯微鏡所不及。不久之後，齊桂芳又傳出「三十八號姓趙的那家，把太太打得頭破血流，連夜送到醫院了」。其實，趙太太害的是急性腸炎，送醫求治，夫婦根本連鬥嘴都沒有，何「打」之有呢！

作者以風趣、實是痛恨的心情，描述齊桂芳搬弄是非的手段，諸如說「某人是縱火的火首」、「某人明明是頭胎，卻誣人家是二胎」、「某太太不正經，勾引某老板」，將大家搞得雞犬不寧；終於在眾怒難犯之下，惹來一場群眾的毆打。而老王夫婦最愚蠢，竟然同意齊桂芳暫時帶孩子住到他們家中。後果是被長舌婦到處傳播：王家夫婦為人不善，曾被人趕出來。左鄰右舍因而對王家敬而遠之。作者抑止住憤怒，藉小說中的人物大罵：

「果然是她，那個每天都把舌頭伸到別人家灶底舔鍋灰的女人！」

「那婆娘的舌頭鬧得家家戶戶，雞犬不寧。」

最後，作者以快刀斬亂麻式的手法，讓「德洪」出面，把齊桂芳強行送到飛機場，臨別時勸她留一些口德，別再搬弄口舌。她聽後竟然大聲抗議：

「我向來不管別人的閒事。」她說：「你怎麼能說這種話？我齊桂芳如果搬弄過一句是非，教我坐飛機摔死。」

誰知由於霧濃，飛機果然撞山了，齊桂芳因而結束了她的長舌一生。

俗語有「謠言止於智者」的話。在本篇中，如果僅僅嫌惡那個長舌女人齊桂芳，便失卻寫作〈七星山〉的重要動機了。要知道話出於齊口，而入於眾耳。齊桂芳被大眾所捧，又惹上官司，最後復撞山而亡，當然是令人可憐可恨的人物。但是，如果你我均能「無動於衷」，不加理睬，則齊桂芳雖然舌利如劍，又能奈之何哉！故眾人之鼎沸不安，和齊桂芳又差多少呢？

作者透過許多小事件的組合，凸顯了長舌婦所帶來的無窮災難。不要以為這是作者的誇張手法。事實上，若真的做一科學上的考察，調查每日為這類「是非」所付出的「代價」，一定是相當嚇人的一個數字呢！

如果我們成人的社會中能充滿智慧、友愛、公平和關懷，那該多好。可惜工商業愈發達，而人類的「自私和愚昧」，似也水漲船高。尤其是「自私」的野心，造成了更多更多的傷害，甚至禍延家人、親人，甚至於國家。

三、神龜的傳奇、思想的沒落

在《怒航》一書中，最能表現作者的思想和文學精神的，則為〈閒步港〉和〈屈膝〉。這兩個短篇目次緊接，定然有其含義的。

現在先自〈閒步港〉說起。作者的取材甚為奇特。一開始，便有一種神秘緊張的氣氛，使讀者不得不隨著作者的筆觸，好奇的追尋下去。第一是船員江洛病了。然後以倒敘方式，說他「正要回船，本來平靜如水的街頭，卻忽然爆起騷動。當地市民正尾隨追著兩個亡命之徒，一面追、一面發出電影上印地安人攻擊時那種可怖的尖叫。」更意外的是，那亡命之徒，竟是同船船員江洛和王普。為什麼遭到當地人的攻擊呢？

作者依然使用神秘的技巧，僅僅說：「王普當時不亂口就好了。很多事情是這樣的，第一句話一旦脫口而出，下面的話不得不跟著一瀉千里。說了第一句，發現不對勁，即急忙閉嘴，或者急忙更改的人，都是政治上的大人物。而江洛他們不是，所以一場責罰就落到他們身上。」在字裡行間，我們隱隱約約可以明白，這兩位船員——江洛和王普——大概是「以言賈禍」。可是，他們只是路過一個外邦的碼頭，又何以肇此飛來之災？況且，其嚴重性竟至於此。作者則又「按下不表」。僅僅又稱：「江洛想，現在只剩下他一個人在承受多嘴的後果」。

〈閒步港〉故事的發生地點在外邦，人物又盡為船員，富於神話意味及傳奇風格。從前戚蓼生讚美曹雪芹的《紅樓夢》有云：

> 夫敷華掞藻，立意遣詞，無一落前人窠臼，此固有目共賞，姑不具論。第觀其蘊於心而抒於手也，注彼而寫此，目送而手揮，似譎而正，似則而淫，如《春秋》之有微詞，史家之多曲筆。

作者在文學上的涉獵，層面頗廣。於風格表現上，受《紅樓夢》的影響，則顯然不多。但就其立意遣詞方面，卻頗得雪芹的某些技巧。所謂「如春秋之有微詞，史家之多曲筆」，頗能得其三昧。一字之微，一名之小，不肯任意落筆。言其缺點，則是偶爾歐化痕跡的造句，破壞了全書的經營。

江洛和王普兩人原是「閒步港」的舊客。當他們吹著口哨上了岸，一時心血來潮，去看住在港區的唐老頭。

作者對於讀者的興味，顯然非常注意，故能儘量的把握。他切切實實的將我們帶進一座繁囂的碼頭、熙攘的市街，讓我們看到庸俗的娼女、走私的水手等等風貌。它使我們的注意力，始終隨著作者的字句，緊緊不捨。以曲折翻騰法為其主要的手段，袁簡齋云：「凡做人貴直，而作詩文貴曲。」〈閒步港〉的主角分明、暗兩個。明的是王普，而暗的則是唐老頭。這是在逐次展開始能發現的。最初，作者告訴我們的唐老頭，乃一「與世無爭」的人物，住在一所簡陋的公寓中。可是，兩海員第二次來尋訪他時，卻突然的完全不同了：

> 現在呈現在眼前的是一座莊嚴而神聖的廟宇。事實上唐老頭的公寓，簡直變成

了一座宮殿，雖然還是原來的樣式，但無論質料和裝潢，都有絕大的改進。雪白的大理石圍牆，圍繞著煥然一新的古老建築。……

你應該奇怪，何以變成這般模樣吧？原來出人意外的，唐老頭變成法師了。因為他養的一頭海龜變成了神。作者於此，以「誤會」造成震撼，以玩鬧卻釀成大禍，其想像力之博大凸出，真令人擊節稱賞。

但這隻「海龜」其實是王普的惡作劇。他因無聊，常常釣海龜玩。唐老頭原本養了一隻小海龜取樂。而喜愛惡作劇的王普，將每天釣到的大海龜，偷偷的換替一隻下去，以致於使唐老頭至感震驚。其後，居民竟認為這是一隻神龜，予以供奉。不料王普心直口快的公佈了這段秘辛，引起群眾的暴怒。作者顯然企圖以此古怪風趣的情節，來提醒一些不知就裡，盲目拜神的大眾。

事實上，群眾之樂於盲從，自古已然。在知識日新月異的今天，社會上的詐騙之徒，以花言巧語來欺騙世人者，可說時有所聞。諸如自稱「可治百病」的醫藥，諸如「三月通」之教學，諸如虧血本出售之陳貨。形形色色，不勝枚舉。真正洞察者，有幾人呢？

而〈屈膝〉的情節則剛剛相反，以寫違心之言而命運亨通，普受歡迎。〈閒步港〉呼籲世人別信假話，〈屈膝〉是自己屈膝去說假話。故就主題的表現而言，可謂「殊途同歸」，一事之兩面。這是非常特殊的想像，更值得讚賞。

基本上，〈屈膝〉雖名為小說，其實可作論文或歷史來看。大凡有良心的文學作者，可能都有過類似柯其的遭遇。你要在作品中保有「思想」嗎？第一是讀者那一關，便不大能通過。所謂暢銷書者，大概常常和其浮淺，正好成為正比例的，並不在少數。人人說學術思想最重要，但調查一下各國的圖書銷量，恐怕學術思想類的著述，永遠是在最後幾名。原因當然不難明白。探尋學術潮流，人生思想等事，都是最費心思的工作。我們的社會大眾，若言賺錢發財，人人興趣盎然；而探尋人生思想，大概無不望而怯步了。他們的閱讀目的本是為追求「娛樂」的，為「尋開心」的。「思想」雖無影無蹤，卻令人感到「沉重」，能不負擔最好。

由表面看來，作者彷彿是以輕鬆的筆調，來描寫一位「不合時宜」的作家，所遭遇到的各類貧困壓迫。一開始，情節明快，對白簡潔，好像在觀賞一齣略帶誇張的喜劇或略帶諷刺意味的鬧劇。但是，逐漸的，你的臉色將變得凝重，變得憤慨起來。

對於「不合時流」的作家，編者老爺的權威，是相當懍然的。不幸柯其便正是此類人物。趙隆告訴他：

「小說是故事，越迷人越好。越使人官感上和性感上有刺激越好。文字自然要通順，其實通順不通順並沒有關係，但一定要天花亂墜，一定要有驚心動魄的高潮。這不是說你寫的沒有高潮，而是說應該有非你所欣賞的那種高潮。而且應該有一個使人看了非常舒服的結局，再不然，用最流行的那種什麼派的結局也好。」

這一節出自「大編輯」之口，實在「精彩」之極。作者在遣詞用字上，頗長於隱語新詞，聲東擊西。正所謂「絳樹兩歌，一聲在喉，一聲在鼻，黃華二牘，左腕能楷，右腕能草」者也。表面上，處處在宣揚編者的尊嚴，其實則處處在摑其耳光。稱之為當代的文學風氣簡編，也不為過。沒有高水準的編者和讀者，司馬遷、李太白、曹雪芹復生，又奈之何哉？

這種文學上的怪現象，有人可能認為是作者的牢騷。其實不然。以日常接觸的電視而言，君不見真正的歌唱家出現在螢光幕上多呢？還是那些跳跳蹦蹦不像人形的歌手在螢光幕上多呢？

故作者假主編先生之口所稱的一大段話，實在有金石聲。縱有千萬冤氣，有此一段文字，亦可自慰矣。還有不少同一境遇的作者，有冤難以一吐也。

這段文字，其實正是作者的基本文學觀之反射。「我覺得，文學和愛心是分不開的。因為是表達感情的，而不是表達理智的。要有愛，才會有力量。文學是推動人類進步的一股力量，它潛移默化地影響著大眾的人格和思想。換言之，對一個人的修養，文學是有著一定作用的。」這段話發表在一九八一年二月十九日的新加坡《南洋商報》上，可以作為〈屈膝〉這篇小說的另一註解。基本上，這些小說，無不是「愛」的表現與實踐。小說名為〈屈膝〉，其實任何人讀了，都知道作者、包括小說中的男主角柯其，並未屈服，至少並未出自內心的屈服。他有藝術的良知、有寫作的抱負。為了文學顯示出強烈的抗議。向誰抗議呢？從其弦外之音明白：向不敢堅持善美的文學精神者，向低劣的讀者，向貧困的生活，向愚蠢的社會。趙隆又有一段話，即是此類現象的證詞：

「你的作品太有個性了。而我們這個時代，沒有誰喜歡還有個性的東西。無論他是人或是小說。我還要提醒你，最暢銷的小說都離不開女人。不是男的愛女的，就是女的愛男的；或者是男的不愛女的，女的不愛男的。連得文藝獎金的作家，都跳不出這種圈圈。而你卻打算硬跳。」

接著，趙隆又說：

「我們需要這一類的作品，你為什麼不照著廣大的讀者胃口寫？」

而且，又露骨的指出：

「寫得軟一點，黃一點……，戀愛就是性，談性就是脫褲子。既然可以描寫戀愛，當然也可以描寫性愛，也可以描寫脫褲子。柯其，你要認清讀者。」

如果照傳統的術語來說明，作者所使用的技巧，大概該歸之於「欲擒故縱法」吧！作者一直藉趙隆之口，挑剔柯其的「錯誤」，但我們稍微深入一想，便知道作者在使趙隆搬石頭砸自己的腳了，而且砸得相當重。故就某種角度來觀察，在「欲擒故縱」之外，作者似怕如趙隆之類的廣大讀者，仍不知悔改，乃又使用了「聲東擊西法」。甚至於這些「法」也不夠快意，又兼採了「欲蓋彌彰法」。這種「效力」，常比正面的慷慨陳詞，更具爆炸的威力。

但所謂「個性」，是指何而言呢？那些「軟的、黃的作品」，難道就不是有個性的人所寫出來的嗎？

答曰：所謂「個性」，不如解釋為「有所為，或有所不為」的操守原則；也即孔子所謂「狂者進取、狷者有所不為也」的人格。至於趙隆口中的那些流行作家，不如統統名之為「奴性」可也。

故所謂「屈服」者，不妨解釋為「抗議」。抗議什麼呢？

第一是，中國人為何不學學西方的偉人林肯，因為看了《黑奴籲天錄》而使解放黑奴的行動，付諸實行。為何不追隨吾鄉英雄岳武穆「文官不愛錢，武官不怕死」之精神，死而後已？一定等到禍國殃民的事件，擴大到不能控制才手忙腳亂的挽救嗎？

第二、所謂報紙、雜誌，出版社難道不能堅持一點「水準」，必須迎合通俗的大眾嗎？果然如此，則文化、出版、新聞等事業，也就未免可悲可哀了。

第三、任何理想和智慧，必須放棄，才被歡迎嗎？

這篇小說大概成於三十五年以前。因為文中的公共汽車，票價還是一張一元的時代。只可惜時間上已過了近四十年，而他筆下的現象，仍然沒有改變。讀著〈屈膝〉，我們確乎有哭笑不得的悲愁。

很顯然，作者想透過小說的形式，對六十年代的文學界，提出他的呼籲和抗議。他駁斥那些色情作家，那些沒有思想的作家。他也申斥以文學為「消遣」的讀者及那些嗜愛武俠小說的低級趣味主義者。

而對於主題的發揮，則是多層面的，立場極為嚴正。表現主題的技巧，相當細緻，也特別注意「風格」的掌握。在短短的篇幅裡，我們接觸到的是貧困的作家、文學的迷失、良心的譴責、淒涼的微笑、寂寞的嘆息和寫作的徬徨。尤其是描述柯其拋棄良心、屈服於生活的重擔，拋棄理想、而寫作那些言不由衷的武俠小說；其內心的衝突，自我解嘲的心態，非常成功。

只聽護城堤那裡一聲嬌喊：「來者莫非三妹玉面聖手香蓮嗎？」黑影解聲應道：「正是，敢問莫非粉拳勾魂玉姊姊？」玉姊應聲躍出。

「真糟，她躍出幹什麼呢？」他想。

——這時才看清二女俠面貌，香蓮不過十六、七歲，生的瓜子臉蛋，眼如秋水。……

「我在開那些蠢材讀者的玩笑了。」他想。

這段敘述，可說起伏曲折，亦莊亦諧。自各個角度解剖堅持追求真理的作家的矛盾心態，使人莞爾。

其次是，性格和思想的問題。作者對此，曾在不同的小說中觸及。凡有個性及思想的東西，極難容納於一般社會大眾；尤難容於掌握你升遷或生活的權力分子。此處的思想和個性，極易被誤認為「偏激」及「乖張」，乃至「荒謬」或「離經叛道」之別名。實則，非也。試想，歷史上岳武穆、文天祥之遭遇如何呢？

故「擇善固執」之「個性」，除了害自己，討沒趣之外，幾乎全無「好處」。作者之強調「個性」和「思想」，應在於此。其小說之不為一般讀者所喜愛，於此可以獲得解答。「曲高和寡」古來即如此。這不是文學是否大眾化的問題，更不是「雅俗共賞」與否的問題。而讀了〈閒步港〉和〈屈膝〉之後，讓人特別興起真理追求之難、政治沒落之悲。

四、微笑裡的淚珠

《怒航》的十二個短篇，以金錢為主題的有四個。在作者的筆下，我們得以體知人們為窮困生活所忍受的種種折磨。其中〈微笑〉和〈時代〉題材特出。風格迥異，給我們的撞擊最深。

先談〈微笑〉，僅就題目而言，似有極深的寓意。一開始，我們便嗅到一股淒楚悲涼的氣氛。「我剛從林鎮朋友那裡借了錢回來。朋友的情況也不太好。他留我吃晚飯，特地炒了一盤鴨蛋。孩子們大而無神的眼睛，一直堅強的注視著它，使我不忍心下筷子。飯後兩個人談著，空氣很是沉悶。」沒想到回家時，又錯過了班車，只好帶著借到的一百元新台幣，徒步向台北走去。更意外的是，在中途的山坡上，遇到了一個四、五十歲的漢子——王有德。他為了生活，以捕毒蛇為業。不幸為毒蛇咬傷了，命在旦夕。

作者處理此一故事，極具匠心。場景既然在荒涼的山坡上，時間復值灰暗的深夜。在極自然的安排下，讓事件展開。經由對話，間接的使人物的歷史呈現在我們的面前。譬如說：捕得一斤最毒的百步蛇或竹葉青，不過可賺二十五、六元而已。而二十五、六元，僅能買兩張電影票罷了。至於普通的毒蛇，一斤不過八塊錢左右。

這位捕毒蛇而為毒蛇所傷的人，夫婦都是濟南師範畢業的學生。在戰亂中遺失了證件，「當了一年的代用教員，後來教育廳要提高教育水準，我們沒有證件，只好解聘下來。」在生活壓迫之下，不得不從事於最危險的捕蛇行業。

這些素材應是五十年代的台灣現狀的側影之一。不說現在，即在當時，衣洞的作品也不曾風行，成為暢銷書。何則？年輕人沒有此種閱讀的素養；一般中、老年人不堪回首故也。傳播界更不欲以此題材，觸動人們的傷痛。然而這些作品才真正是歷史的注釋，是時代的寫照。

就技巧上來分析，〈微笑〉的情節，一直有懸疑的魅力。素材和場景，完全密切配合，充滿了廢墟頹垣般的荒涼。有一段最可看出審慎觀察、樸素有力的描寫：

沒有回答，我遲疑著。等我的眼睛完全適應了荒草的顏色之後，就在那盞燈附近，我看見了一輛腳踏車。那是一輛很破舊的腳踏車了，除了全是鐵鏽的車架，便只有兩隻禿禿的輪子。輪胎花紋早已磨光，像兩條鱔魚的肚皮纏在那裡。後輪上還補著一道皮箍。……山坡越往上越陡起來，黑樾樾的一直向空中上昇，峰和天相接的地方濃雲迷漫著，彷彿凡是見到的東西，全都連在一起。而沿著山麓吹來的風又特別尖銳。我覺得我不應該停得太久了。

這一段敘事，層次井然，深得神髓。以鱔魚皮形容不堪使用的車胎，何等傳神，何等鮮活。這是非常樸素的散文藝術。但少年人不易熱中衣洞的小說。他們對人生所知有限，連想理解的願望都沒有。少女、少婦更少興趣。她們縱然不要求天天生活在風花雪月中，也絕不願去面對冷酷的現實，而又無能為力。中年人承受的社會壓力、情感壓力，已經夠重，何必再讀充滿悲憫哲學的小說？老年人到了耳順的地步，一切「以不跟自己過不去」為原則。何必睹「書」傷神呢？

最初，我們以為「我」和「朋友」已夠悲涼了。但似乎是更要令讀者的悲憫加深，故而讓「我」耽誤了班車，在夜半時分，獨自行走在寂寞的公路上。一個落魄、向朋友告貸返家的人，此時此地，讀者一定期盼他早早抵達家中，以慰妻兒倚閭之望吧！

誰知在半途上他竟發生意外的遭遇——碰見了一位垂死的捕蛇者，使情節掀起了高潮。「同是天涯淪落人，相逢何必曾相識」。

這一類的亂世知識分子，原來就比較一般鄉愿，有更大的負荷。道德的、奉獻的觀念，憂家庭、憂朋友的精神，使他們即使死於殘忍的毒蛇，仍念念不忘妻兒，不欲遺給妻兒深刻的哀傷，故而向「我」一再的拜託：

「求求你，先生，那一盞燈，還有那一輛腳踏車，求求你替我送回家；不要告訴我妻子我死於非命，告訴她我臨時被約到船上出海捉魚去了。」

又說：

「我的身分證放在家裡。我死之後，希望能當作無名屍處理。埋掉燒掉都可以。我恨我不能毀滅我的屍體，我怕它使我的妻兒蒙羞，還要使他花錢埋葬。」

這是五十年代的一個知識分子的結局。也只有五十年代，來自大陸的一代，會有此種際遇，此種捨己精神、為家人的犧牲懷抱，不會在現代演出。同時，大部分現代人，也難以想像。蓋所謂「現代人」者，乃「功利主義者」之別名。功利之徒，豈能捨己為人呢？

此種「功利主義」似可以大英帝國的民族性格為代表。但英國人尊重他人的觀念，我們又付闕如。久而久之，乃只見刻薄、寡情、見利之一面。以此來觀察當代社會，雖不中，亦不遠矣。

故就現代觀之，〈微笑〉的意義，尤其重大。題為「微笑」，也許有「大哭」之意味在。

在情節的起伏曲折方面，令人驚嘆處甚多，以致我頗懷疑此一素材，究為作者所親歷，抑或是他人之口述。若係完全想像，則幾乎不可能。而對事件的描述，尤其簡勁而篤實：

他的聲音低下去，接著又是一陣抽搐，口中噴出大量白沫，像倒懸著的螃蟹一樣。白沫全流到我的褲子上和袖子上。我沒有推開他。太突然的遭遇使我一時想不出來應變的方法。我只是跟一個嚇壞了的呆子似的，不轉瞬的注視著倒在我懷中的陌生人。我不認識他，卻接受了他托付給我的後事，顯然的他以捕售毒蛇為生，而終於在可怕的熬煎中死了。我看著他那逐漸變青的臉，和那臃腫的腳。山風吹過，那盞風燈突然從石頭上滑下來。我急忙把它接住，耳邊只聽見亂草索索，和我自己的心跳。

若將這一段「事實」交由某些作家來寫，相信可以「扯」上五千字左右。蓋一個「回合」下來，不是日月無光，便是「縱身一跳，已經到了九指大山」。或者：「他躺在我的腿上，我的心房，不由像小鹿般的，一直跳了一萬二千多次。……」

由此一段來看，就可發現其敘事的精密和次序。由將近死亡的現象、到生理上的反映，乃至嘔吐的細節、「我」的心理反應、毒發的情狀，還有山風和亂草索索等，一絲不苟，也一絲不漏，處理得淋漓盡致，充分表現出悲涼的場景。

但是，「事情」卻並不如此簡單。剛剛借到一百元的「我」，竟然顧不得玉珍和孩子等人的盼望，決定先到臨江街老王家中。作者對於「我」的心理，這樣解釋：「沒有什麼理由，更不是什麼崇高的道德力量，而只是作了先到臨江街的決定後，我的心才安定下來。」

我們於此「關鍵」所在，可以看出作者的「突破」手段，不落俗套。人，有時會做出「自己也吃驚」的事情來。

而「我」與老王的妻子的會晤，則更有極經濟又動人的描述，極深入而有力的刻畫：

在一條滿是刺鼻的從豬圈裡發出酸臭的狹小巷子裡，我佇立在一家一團漆黑的門前，躊躇著，想舉手敲門。但是，幾乎使我驚呆了的，那油漆剝落的破舊屋門卻在我剛要舉手的當兒輕輕的打開了，從陰影裡伸出一團蓬鬆著長髮的頭。她向四周張望著，疲倦的眼睛停留在我手裡推的腳踏車，和拿在手裡的風燈上。然後她全身走出來，木拖鞋幾乎使她栽倒，但她把身體站平衡了，驚慌失措的看著我。

這描寫非常精緻入微。將周遭的環境，一絲不苟的為我們凸顯出來。前後照應，值得喝采。尤其是寫「老王的妻」，於不著痕跡的暗示下，顯示了她的焦急和期待，自應門迄看到腳踏車、風燈……，最後才寫出「驚慌失措」，在在說明了描述的嚴謹和深微。

但是，故事卻又急轉直下。身為師範畢業生的老王的家庭，其悲慘不幸，竟然出人意表。十歲的長子，由於父親未捕到值錢的蛇，兩天不能果腹。去水溝裡撈人家沖掉的米飯，滑進水中，已然被淹死了。

同時，母親為了紀念孩子的夭亡，特地買了一個廉價蛋糕，供奉在他的遺像之前，因為「孩子從出生到現在，不知道蛋糕是什麼滋味。作父母的對不起他，他爸爸說，有錢時還要買一塊巧克力糖供他的孩子。」最後那媽媽告訴「我」：

「啊！孩子，我知道你恨你的媽媽，連做夢都不肯托給我。」

這平平常常的一句話，當得起「筆力千鈞」的形容。對於一位貧窮的母親，為愛子的不幸死亡，就在這簡簡單單的一句話中，表現了她的千重哀傷、萬般憾恨。而以「供奉一個廉價的蛋糕」，以表示母氏的慈懷，可說是淒涼至極了。

這一連串的不幸，作者全部在半天之內，由「我」眼中呈現出來。但是並非「無巧不成書」。一波未平，一波又起。處理得天衣無縫，無懈可擊。「將假的寫成真的」是作家，「將真的寫成假的」便是「寫匠」了。譬如畫家，短期訓練出來的便是「匠」，像陶瓷公司的工人，在陶瓷上作「畫」，運筆之熟，並不減於名家。然而，他們只能依樣畫葫蘆，沒有了「樣」，便無法動筆了。有時，雖也動筆，但只能「畫」其形，失去了「畫」的神。而真正的畫家和作家，重要的是神的表現，是生命的塑造。

種種情狀，逼得「我」一再改變主意。起初是放棄回家，後來是把借來的一百元，轉送給「老王的妻子」；最後，竟騙玉珍說，自己找到了出海的工作。於是故事急劇落幕了。最後的一段文字，照應前述情節，更為悲涼：

妻沒有說話，但我知道她正在枕上聳起耳朵傾聽，我想我的微笑是出自我的真誠，我終於找到工作。工作使我高興，可惜我沒有把老王那口袋拿回來。明天一定還在吧！我想著，坐在床沿上脫鞋子。鞋底上那個大洞帶進來不少沙礫，把它們抖到地下。隱約間，附近已有雞在叫，天也似乎突然很冷。我拍拍面頰，發覺面頰都刺骨的涼。

自頭至尾，這個題材突出、寫法周密、佈局紮實、首尾呼應、相互牽動的短篇小說，既表現了時代，亦透視了生命。研究此一偉大的時代，這應是一個可資參證的訊息之一吧！

但遺憾的是，作者在「對話」上，未能避免歐化或過於「斯文」的習慣。例如老王的妻子如此向「我」說：

「我多高興，」她說：「我多盼望他能找到別的事情。先生，我們一家人的生活逼迫他去和毒蛇握手。……」

這些句式，減低了人物的「真實性」。尤其是「握手」用在這兒，使人物的聲音風貌，被扭曲了一部分。至少在社會習慣上，在當時急迫的情況下，不夠元氣淋漓。

五、獎金的魔力

古詩說：「貧賤夫妻百事哀」。世間原本是可以平靜的，但是自從有了「金錢」這個東西，就開始沸騰不安了，有的我們看得到，有的看不到而已。

和〈微笑〉相反，〈時代〉中的人物以婦女為主。她們平日之間，便相處不睦，現在，聽說誰家的孩子在健康比賽中獲得第一名，將可贏得一萬元巨額獎金——等於一位普通公務員月薪的十倍，於是展開了傾軋的戰場。

就〈時代〉的情節而言，似乎「不夠」成為小說的素材。初讀乍看，只是一群主婦們的吵鬧而已。不過，在「平凡」中，作者卻發現其「玄機」來了。

作者似乎有運用任何小事件的特長，他以「我」為其觀點，將原本雜亂的材料，很輕易的整理出一個頭緒來。序幕首先告訴讀者：如有一週歲以上的兒童，請於下午三時帶到里長辦公室檢查。至於「檢查」什麼，卻有點語焉不詳，這可能是多年以前社區常有的現象。而在進入正文的第二段，如此說：

林康和我是多年的老友了，但卻很少見面，偶爾在街上相遇，也只是站在那裡匆匆的閒聊幾句。我從沒有去過他家，不過從他口中，我知道他太太叫芝蘭，是一位大學生，專修哲學；還有兩個孩子，大孩子六歲，小孩子四歲。是上一個星期三，他打電話來，堅持著要我在這個難得的假日到他家吃午飯，主要的是想安靜的敘敘往事，同時也介紹我和他的妻子兒女相識，他的大孩子是男孩，小孩子是一個姑娘。

這段文字，除了末兩句中「男孩」和「姑娘」稍嫌不相襯，且全句可併於「還有兩個孩子」之後，以求簡潔外，全段清新而自然。它是全篇的伏線之一，主要背景的一部分。

大體上說，一開始便進入情況了。從人物的姓名、職業、住所環境、出身經歷、經濟狀況、年齡、教育程度，乃至主修和其特長，無不有其嚴謹的考慮。即如本篇〈時代〉，作者也有其「交代」——蓋主角所服務之公司名稱也。男主人名林康，事件之導因，則為「健康」比賽。而問題則剛剛相左——不健康。這種明顯的對比，自然是有意安排的。

不僅如此，在我們前引的一段文字中，林康邀請「我」來家中，「主要的是想安靜的敘敘往事」，竟也事與願違，安靜不了，並且吵鬧不絕呢！一字一句，無不有其用意所在，對一篇作品的經營，均作過全盤的考慮。

在手法和內容上，〈時代〉和〈微笑〉截然相反。〈微笑〉一篇由「對話」中，告訴我們「過去」的不幸遭際；而〈時代〉則是由對話中，讓我們明白當前的糾紛和愚昧。前者是神秘悲涼的，後者是熱鬧雜亂的。在氣氛和場景的運用方面，前者採用的是重點的渲染；後者使用的則是工筆的舖陳。如果以音樂來形容，前者應是鑼鼓、號聲，後者則是短笛和邊鼓。

讀〈時代〉，你不會有驚心動魄的震撼，也不會有沉重的感喟和難過。但是，你會有一種落寞、一種煩躁、一種無可奈何的失望。作者為我們展開了一幕人生小景。透過「我」的眼睛，先呈現在我們眼前的是：一批「喋喋不休的群眾」。其中又以女人（主婦）為多。有一位身材矮胖、但顴骨卻高聳的像兩個倒豎鴨蛋的女人，正大聲叫：

「我什麼都不怕，老娘走的橋比她走的路都多，」她大聲叫，我想她可能從人叢裡跳出來，「她以為她的男人是副主任就可以欺負人是不是？她的孩子吃得胖。當然吃得胖，天天殺魚殺雞，維他命、魚肝油。他當一個副主任一個月多少錢？難道我們不知道。不貪污？不貪污錢從哪裡來的？那個小癟三滿身都是虛肉，看他的牙齒吧，沒有一個不被蟲吃掉，她敢笑老娘的女兒瘦皮猴！」

這口語非常成功，也最出色。我們觀察剛才這位婦人的一番話，便可明白，它發揮出許多功用。既呈現了人物的個性和心態，也增加了小說的吸引力。把故事的環境和因素，也間接描述出來。

作者引導著我們，走進一個五十年代中期習見的社區、習見的人物。他一筆不苟的為我們描寫出人物的衣著和鞋履之微，以使讀者瞭解眼前的社會、眼前的人生、眼前的時代。

而這只是〈時代〉中的一個小插曲，一個小舞台。舞台上演出的是：幾位主婦抱了孩子去里長辦公室，參加健康比賽。因為傳言第一名可以獲得一萬元獎金，以致掀起一陣人潮，乃至彼此展開了指桑罵槐的攻擊。作者以明察秋毫的觀察，如此描述：

那個高顴骨的矮胖女人顯然為了群眾向張太太這裡集中而更加憤怒。她離開了剛才據守的崗位，重重的擦過我的肩膀。我提的水果簍子大概撞她的膝蓋一下，她雙目炯炯的向我注視著，我急忙向她道歉。她沒有理我，只扭轉頭，順著我要去的方向跑去，抓住一個從一家籬笆門裡歡呼著狂奔出來的女孩子。

接著又有一段生動的口語：

「妳這個狗娘養的婊子，」那女人滿口噴著唾沫的罵起來，「妳整天神氣個什麼，馬上要參加比賽啦，看看妳這個樣子，不是叫人笑掉牙嗎？妳媽媽要是也會打扮得花枝招展，陪這個睡陪那個睡，妳那死爹也早升了副主任啦。」

這種細膩傳神的描寫，頗為成功，頗為靈活，使人物的聲音笑貌，躍然紙上。關於素材的處理妥切，得歸功於他的閱歷與透視能力。即令是如〈時代〉中「微不足道」的情節，作者仍能賦予超越的生命。從平凡的素材中，創造出不斷的矛盾和衝突，使我們頗感意外。每一登場人物，均有其不同的使命，在人生和時代中，扮演著可資探索的角色。

譬如說，「我」的朋友林康、芝蘭夫婦，竟也捲入參加比賽，夢想獲得巨額獎金的熱潮中。林康聽說第一名獎金是五千元，芝蘭說是一萬，接著「我」也加入了，「聽說是一萬」。由於林康還不完全「知情」，於是，惹來妻子一頓排揎：

「你的頭腦有問題了，」芝蘭打斷他的話，「你如果稍微有點見識的話，早升了科長。一個科員一幹就是十年，照照鏡子去，頭髮已經半白，還一事無成。馮太太剛才還親口對我說，叫我趕緊給孩子換衣服去參加呢。她說，一萬元在我們這種家庭是一個大數目，什麼困難都可解決了。你可以做一件大衣，玉綱也可以買一雙鞋，我的毛衣還是結婚時編織的。便是得三獎、四獎也好。玉珍的身體不行，可是你看玉綱的小腿吧，別家的孩子全差得遠呢。何太太和尤太太吵得那麼兇有什麼用，兩家都不知道怎麼樣養孩子。」

我們應該記得，芝蘭主修的是哲學。誰知這位有非常清香意味名字的主婦，更兼大學哲學系畢業的素養，竟也顧不得「身分」，而捲進戰團了。在「金錢」的魔力之前，人人不能免其撥弄和驅策。不再芬芳，也不再平靜和客觀了。

但事情更出人意表，所謂「健康比賽」，其實只是抽驗血液裡有無病菌，至於一萬元獎金，當然更是莫須有的謠言而已。一場爭吵、競爭和勾心鬥角，都白費了。作者意味深長地這麼收場：

我們走向回程，太陽在西方斜照著，地上直豎著高低不同的五個漫長的陰影，廣場上不知道什麼時候，已無一人。幾隻麻雀正啄食著孩子們撒下來的麵包屑和花生米，穿著白制服的醫生和護士站在剛才還熱鬧哄哄的里長辦公室的廊簷底下，寂寞的凝視著街頭的椰子樹，似乎還沒有瞭解人們為什麼竟這麼快的散個淨光。

這是相當含蓄的精緻散文，遣詞用字既然經濟純淨，且寫景寫人，都細膩無比，可圈可點。它代表了作者深長的人生觀照，對世事萬象的惆悵。我們應該加意玩味，免得自己也加入這些戰團之中！

命運的嘲弄

——《兇手》何處尋？

「命運之神」一直是中外學者、詩人、小說家探索的主題。自希臘史詩、悲劇，而迄中國的《老》、《莊》、《史記》及《紅樓》，雖然無不涉及，卻無人得出答案。因其如此難解，反而更引起人們的迷思與探尋。

衣洞在他的短篇小說〈相思樹〉（收入《掙扎》一書）中說：

「我恨那些貧賤而安命的人。」

但事實上，他的小說人物往往是「命運嘲弄者」之故事，長篇如《曠野》及許多短篇中的人物、情節，幾乎全在命運的撥弄下，飾演著不幸的角色。

我們不妨先看看《兇手》中的〈西吉嶼〉。主要人物有三個：金老頭、金梅素父母，男主角華桐，另有幾位臨時上場的配角。自人物的名姓上，我們已可見出一些端倪：那就是必然與金錢有點關聯。作者在為人物的取名方面，似乎先露出「風聲」來。

〈西吉嶼〉的架構和佈局，非常經濟、簡勁而有力。華桐熱戀那位金小姐。金小姐也深愛著華桐。問題是華桐沒有「錢」。「我失敗了，因為我窮。」他聞說金老頭帶女乘船遠行，企圖割斷女兒的愛情，於是千方百計的混上船。想說服伊人在抵達碼頭後，相偕天涯，共同奮鬥，以美滿的婚姻生活，來證明一切，來挽回乃父的心。

但是，事與願違，家庭教育不允許她與情人私奔。更不幸的是被乃父知悉，且和華桐發生嚴重衝突。可憐的梅素，在父親與情人之間，逼得無地可走，除了死亡。

作者對於這篇小說的經營，相當的細密和謹嚴，每一節、每一句、每一字，均下過紮實的功夫，前後的呼應，人物的刻畫，一絲不苟。一開始便是華桐的冷笑：

「為什麼死？……為什麼不倔強的活下去？」

作者從衣著到氣候，無不有細膩的安排。開始的一句自言自語，便已呈現出一股掙扎的悲劇氣氛。自人物「對話」中，我們感知其靈魂深處的痛楚。「我大概是暈船。梅素讓他扶著，身子有點顫抖說：我們的婚事，恐怕要等到來世了，我父親太執拗，而我也不願做出太違背他的事。」這一段簡短的描寫，業已告訴我們這對戀人的恩愛程度，以及其可能的命運了。

事情的發展是，一波未平，一波又起。梅素自殺了，船又觸了礁。是什麼因素造成此一愛情悲劇呢？女主角之父——金老頭的陋見，乃是原因之一。他女兒說：「人到老了，大概都是這個樣子的……」可說是最慘痛的控訴。華桐抱著戀人的遺體，海水似乎要把他煎焦了。「巨浪打來，他無言的接受他的命運，像一個浮泡一樣。他從萬馬奔騰的海面上消失，沉了下去。」老年人和少年人的觀點，在某些事物上的歧異，使得生生世世，串演著不幸的故事。

主角身亡，配角有時也身亡或落得孑然一身。但「兇手」何處尋找呢？

將「命運」弄人的事，用另一種技巧表達的，《兇手》中還有〈臥軌〉一篇。作者的原意可能旨在暴露貧、病造成的不幸。而依照悲劇形成的經過，〈臥軌〉正是最好的模式。亞里斯多德於其《詩學》中，便具體的道出：

首先，不應表現善良公正的人，由幸福淪落於悲苦；因為這種表現並不能引起我們的恐懼與悲憫——簡直令人憎惡。第二、不可表現邪惡者由逆境進入騰達的境地，這是最不具悲劇性的情勢。它既不能喚起我們一般的同情，亦不能激發悲憫與恐懼。第三、不可表現一個過分邪惡的人，由榮華陷入惡運。這種遭遇可能引發我們的一份同情心，而此並非悲憫與恐懼的感情。

又稱：

除下的一個情形，是處於這兩個極端間的人，一個並非特別善良或公正的人，他的惡運，並非由於邪惡或卑鄙而導致，而是由於判斷錯誤或缺點而陷入厄運。他是一位具有顯著名聲而榮顯的人，諸如底比斯世系的伊底帕斯，柏萊普（

Pelopo）世系的桑艾提斯（Ihcgestes），以及其他望族的顯貴人士。

在〈臥軌〉中的主角，是一個失去丈夫的貧苦婦人。小女兒年方十四歲，正在初中讀書，成績優異。另外一個小兒子，為救濟院收容。這當然是個悲劇命運的典型故事。婦人以沿街叫賣豆漿為生。作者以非常樸素、低沉的筆調，展現他淒涼的情節，跟〈西吉嶼〉形成強烈的對比。可以說，前者是音樂中的笙簫，後者是音樂中的鼓鈸。

「有你爸爸在，什麼都好。」偏偏爸爸去世了。女兒上了高中，總是考第一名，卻不幸罹患了肺病。她故意不告訴母親，免得多一個人難過。窮人家的孩子懂事早。為了減輕母親的憂慮，又一直懷念著在外的弟弟，她竟然將本應打針的醫藥費，存儲起來，以便將來弟弟可以有上進的機會。「人生，不終是要散的嗎？我去找爸爸，去陪伴他……」這位女兒在遺書中如此說。

作者顯然想使這個悲劇故事，有更大的突破，又安排了「判斷錯誤」的情節，符合了亞里斯多德的定律。原來，醫院方面已探悉這位女孩的貧困狀況，在大家安慰失去女兒的母親之際，醫生站起身子，有點生氣的說：

「這事真怪。上次在醫院裡，我囑咐過妳女兒天天打針。怎麼一去不回呢？大家零零星星的為妳女兒捐了點錢，已有兩萬一千元了，存在醫院裡。現在的肺病不是絕症。用不了一半就會治好的。偏偏妳女兒面也不見，我們還以為妳搬了家，正設法找妳，怎麼陰差陽錯的弄到去尋短見。」

所幸情節急轉直下。這位女兒竟千鈞一髮的自死亡邊緣被人救起。甚至於應繳納的「擾亂交通秩序」罰款二百元，也在警察們的熱心下，代為付出銷了案。貧困和錯誤造成悲劇；而熱情、仁愛又使命運作了新的轉向。悲喜之機，就是如此神秘難測。

〈大青石〉（《兇手》中一個短篇）所寫的是一樁師生戀的故事。

作者以一正一副的手段，交錯展示，節奏明快。以演出的戲劇，來襯托真正的人生。孫德偉和汪汾玲是師生，相互愛悅，原可一往無阻的尋得幸福的殿堂。汪汾玲在舞台上表演的是一場悲劇，在實際人生中，也飾演了悲劇的主角。

而悲劇的形成，只是一支香煙引起的爆炸。一開始作者便作了悲劇的伏線：

「看你的手髒的！」

「那是抽煙的成績。」

汪汾玲是話劇的女主角。孫德偉看完了劇本，曾深為感動的嘆息說：「恩愛夫妻為什麼不會長久呢？上帝總是妒忌十全十美。這少婦以後怎麼辦呢？孤苦伶仃，又有大病在身。她能掙扎著活下去嗎？」

卻沒想到汪汾玲給他的香煙，引起了巨禍。她冒著煙硝，瘋狂的奔回後台。只見德偉正在慘叫，兩隻眼睛像泉洞似的湧出鮮血，導致終身成為盲人。

但愛情使汾玲不計一切，掙脫家庭，還是和德偉結為夫婦。

如果就這麼平靜的發展下去，當然成為俗套。作者安排汾玲在第二次生產時，因重大失血，一去不返；留下一個瞎子丈夫，一個稚齡的孩子。……然後，沒有人知道，他們究竟流浪到那裡去了。

這當然是「命運」。愛情使他們有絕大的勇氣，克服了世俗的阻撓，小人的陷害。但是，命運之神卻未曾放過這對飽經憂患的夫婦。

作者顯然想以這一淒哀的故事，表現愛情的偉大力量。照亞里斯多德的理論，這是錯失所造成的不幸。對於無巧不成書的事實，我們通常歸之於命運的撥弄。〈大青石〉的結局黯然蒼涼，令人無限感慨。結尾數句，尤可見出作者寫此文的風格，及對愛情的信仰。

只有淡水河還是那麼緩緩流著，柳樹婆娑如故，高矗的大青石仍兀立在那裡，寂寞的，陪伴著汾玲的孤塚。

西方人常說：「性格造成命運。」大部分是如此的。不過，有時好像是「命運造成另一命運」，所謂惡性循環是也。

同書中的另一篇〈跟蹤者〉，描述一位不久於人世的老病丈夫，去探望當年的妻兒。父愛使他禁不住天天跟蹤，以致引起不知情的家人的震驚和疑懼，誤以為他是企圖不良的竊賊。

故事的正面，寫這位父親苦心孤詣，常常找機會和孩子接近。對心理狀態的描寫，極其深刻感人。在反面，卻凸顯出一對被命運撥弄的夫妻，被折磨分離的悲苦。作者沒有明白提出男主角因何身陷囹圄。由字裡行間，隱隱約約的體知：定是一樁冤獄犧牲下的悲劇，或者係強梁造成的罪惡故事。

我們也可以看出，作者顯然在強調愛情的力量是偉大的。「命運」使他們分開的僅是形體；在內心深處，這一對夫婦是永遠在一起的。

這不幸的事件，既非個性造成，也非主觀上的錯誤使然。除了「命運」的造成外，又該如何解釋呢？

復次，我們也可在同書〈旅途〉中，看出那些人物所飾演的命運悲劇角色。國鈞和燕君是同一所中學的教師，兩相愛悅，結為夫婦。無論個性、環境，都應該是平穩而快樂的家庭。不料國鈞罹染了人人恐懼的癌症，造成嚴重的不幸結局。作者描寫男主角的疾病過程，細膩深刻，由蛛絲馬跡而逐漸進入嚴重情況。涉及的層面，頗為廣泛；包括了夫婦、兒女、朋友。尤其是寫父愛，寫中國人的傳統思想，均有深刻的表現。當他得知所患的乃不治之症時，第一個反應是要妻子：

「……千萬不要耽誤青春，你才二十六歲。還年輕呢。原諒我不能陪你白頭到老。」

又說：

「別替孩子改姓，……替我們邵家保留這一塊骨肉。將來，打發他回去見他的爺爺。燕君啊，這是我最後的請求。」

而且又叮囑：

「燕君，教孩子給各位伯伯下跪。從今後，他是一個沒有父親的孤兒了。看見孩子就等於看見了我，求各位顧念我們朋友一場，多照顧他。天啊，我有說不出來的千言萬語。」

凡此種種，都是相當紮實的描寫。特別是對話上樸實淒切，是上乘的佳製。對於夫妻的篤厚感情，則僅有一句，卻已代表了一切的哀痛：

「不要哭，燕君。八月五日是我們結婚五週年紀念日，我要活到這一天……」

很顯然，作者可能企圖以難治之病，來反應苦難人生之一面、來說明人性的芬芳資賦，來宣揚人溺己溺的博愛，來呈現愛與死的搏鬥。人生的殘缺，似乎無法避免。看來完美的家庭，也許正潛伏著惡流。如何逃脫它的打擊呢？在〈旅途〉中，作者的設想是由下一代承擔：讓兒子去當醫生，拯救在疾病中掙扎的患者。他以不多的筆觸，刻畫出一位向命運挑戰的少婦：

她把淒楚壓下，癡癡的、也是勇敢的，拉起孩子，向大家道了謝，踏上旅途。

這一少婦可能是作者心目中的偶像。

〈約會〉是一篇手法、風格、題材均較突出的小說。它略近於《兇手》中〈大青石〉的主題，旨在凸顯愛情的執著精神。全篇以倒敘的手法，來表現一位癡情、尋情的人。可嘆這一份「情」卻一往不回，竟達三十年之久！

全文約三萬言，真正出現的人物是達生，另一位女主角易貽紅，則僅在「回憶」中活動。在篇末，達生曾如此想像報紙上對他的記載：

「死者於昨天下午一人乘班機到達本城。」報上一定會這樣寫的，他想，「下榻東方飯店，據侍女楊楊說，老人進門的時候，她就發現他精神恍惚，似乎有重病在身，但他仍外出至深夜始歸。老人在本城並無親友。據警察局初步調查，老人於三十年前曾卜居本城達二十五年之久，不知為何於三十年後，只為了看一場電影，而重返故地。屍體已由法院解剖。死者旅館遺有署名易貽紅的少女照片及信件若干，已由警方保管。據戶政機關調查，易貽紅亦曾卜居本市，於三十二年前赴墨西哥，迄今未返。」

不用說，這是一個「天長地久有時盡，此恨綿綿無盡期」的愛情故事。三十年後，一個年已六十七歲的孤獨老人，專返舊地，尋找旖旎往事，當然絕不尋常。

自表面的言談看來，衣洞不是一個特別「癡情」的人，甚至於有些現實而冷靜。但從他的作品探索，卻可以肯定他實是最富於感情的朋友、追求理想的深情種子。否則，如〈約會〉之類的作品，如何能自筆底流出？

這〈約會〉真長，自三十多歲一直到六十七歲的暮年。人們可能有此想，未必會有此寫，在文中，作者如此描述達生的癡情：

他拂不掉她的影子，每一次聽到貽紅的名字，就怦怦的心跳，但他表面上裝著很冷淡，彷彿她只是一個路人。他掩蓋著他的「秘密」，為的是，貽紅不會高興別人知道他們之間的秘密的。他渴望著她的消息，而又怕聽到她的消息。他每星期二，都要向東遙望，雲天相隔，這城市的輪廓浮上他的眼簾。靠著回憶，他維持了自己的風燭殘年。

這一段充滿癡情的描述，非過來人難以道。達生的悲哀和痛苦，當是一位鍾情者的共同呼聲。「問世間情是何物，直教人生死相許」這話，可作為本篇的詮釋。

可是，這個纏綿悱惻的故事，何以發生呢?達生的結局又是如何形成呢?非常可悲，仍然脫離不了「命運」的撥弄：

他的不幸，從小就像餓鷹一樣的緊跟著他，在他頭上盤旋。直到今天，那些楔進心坎的傷疤，還沒有凝結牢固。任何時候碰到它，都會涔涔的流出鮮血。他夢裡都想他將來有一個妻子，互相的愛，互相的瞭解。然而，他是失敗了。命中注定，他永遠逃不脫失敗。達生眼睜睜的看著自己的青春，從身上一點一滴的流出，流到地上，化為泥土。

不論就時、空任何方面而言，人生都是渺小而短促的。「一失足成千古恨」。能以平平安安的渡過一生，已極不易。追求福祇，雖為人人所渴望，但或然率卻不大。不久以前，有個調查測驗顯示，認為「婚姻美滿」為最大幸福者列榜首。此處所謂「婚姻美滿」者，自可解釋為愛情深永之別名。蓋無愛情之婚姻，當然也就談不到「美滿」了。

但普天之下，唯有追求愛情之美滿最難。否則，那「只羨鴛鴦不羨仙」的古語，就不能流傳了。以《紅樓夢》故事之複雜，人物之眾多。但竟找不出一對美滿之婚姻。雖然曹雪芹（照若干紅學家的研究，高鶚應為《紅樓夢》後四十回的作者，但我未能完全苟同）為史湘雲這位可人的千金小姐，安排了美滿佳偶，卻偏偏夫婿得了「冤孽症候，不過捱日子罷了」（《紅樓夢》第一一〇回，校注本頁一六七〇）命運之說，便不能不信它三分了。

故達生之蹉跎一生，實在是一切「有情人」之尋常遭遇。人生可追求者，如知識、聲名、財富、事業，大率可以個人之力為之。即使不能完全以個人之力，但至少不必藉某特定人物為之。若言讀書，既可隨甲學者執經問難，也可找乙學者指導教誨；如言仕途，既可為甲長官獎掖，也可請乙長官拔擢，只要勤謹忠懇，大概都可獲致若干成就。至於從事工商業，時機合宜，找尋同道，更不必某一特定之人，始可為功。只有愛情一事，獨力既不能完成，隨便更換對手尤所不可。且因生活接觸密切無比，衝突乃時時可生。想天長地久，兩情相悅，殆難矣哉！以好萊塢超級巨星伊麗莎白泰勒之風華聲名，雖有八次（第八次訂婚不久即解除婚約）婚姻，在愛情道上，似乎也終為失意之人。

凡此「失意」，又無法逃避，且不能拋卻。這是上蒼給予我們的最大譴責和處罰。

非常湊巧，在《兇手》一書中，另有篇和〈約會〉成為搭檔的小說〈夜掠〉。前者是描述一癡情的單身老人，後者則是刻畫一位遲暮美人的寂寞——寂寞到了渴求被強暴的衝動心態。這個短篇，完全以「她」為觀點的展述，節節上升，如箭在弦的筆法，迴異其他各篇。女主角一人，沒有名姓。她雖擁有美麗、財富、學問，吸引過無數男子，前仆後繼的向她猛烈追求。但她的「驕傲」嚇退了這些男士。時已不再，她只好以矛盾的、偽裝的心情，來面對週遭，以掩飾自己的落寞和孤單。

在萬般空虛的日子裡，忽然有一天，她那渴望愛情及慾念的爆炸，使得她冒險獨行，竟至企求被強暴的經驗和刺激。直到「獵物」出現，作者如此述說她的心理：

她開始她的第一階段——等待。她深刻的瞭解，等待是必需的，而且是她所企盼的。但當這等待真的獵物，正被企盼到的時候，她幾乎不敢相信那一向撥弄她的命運，這一次會支持她。

在全文中，我們本來看不出有何「命運」的影子。但是，作者在不經意中，流露出他的命運哲學。至少，在愛情這一範疇裡是如此。

昔賢子夏說：「生死有命，富貴在天。」作者在行為和思想裡，或多或少的有些孔老的影子。門人說孔子不談命運，所謂「子罕言命與性與仁」。實際上還是有盡人事、聽天命的思考成分在內。故〈雍也〉篇有云：伯牛有疾，子問之。自牖執其手曰：「亡之，命也夫！斯人也，而有斯疾也！斯人也，而有斯疾也！」不知不覺，還是說出對「命運」的惶惑。

作者在「命運」問題上，顯然也有類似的觀點，他竭力描述了人性的不屈不撓，人性的固執堅持，但是在愛情和人生這兩個大問題上，還是流露出對「命運」的徬徨。除了上舉各例，其長篇小說《曠野》中，他藉老方丈虛雲和尚之口，回答李士淳——這位為愛情而瘋狂多年的癡情種子——的愛情和婚姻問題說：

「我不能答覆你。李先生，愛情和婚姻的幸福與否，是沒有定律可以遵行的。很多哲人們說了些格言雋語，都可以供參考。我不必再畫蛇添足的說什麼。只有憑你的知識和智慧去做吧。盡了你的知識和智慧。未知數能有幾個人掌握得住呢？這未知數就是運氣。一個靠運氣的人，絕不肯相信運氣的。我不知道你相信不相信，我只能說，我不知道應該怎麼辦？」

故美滿姻緣之獲致，殊難逆料。我們的俗語有時是頗具哲理意味的：「千里姻緣一線牽」，及「巧婦常伴拙夫眠」，暗示了一切。又有所謂「是姻緣棒打不回」。聽來有點滑稽，其實正是啼笑人生的證詞。「情有獨鍾」和「恨海難填」，這兩句話應是對愛情與婚姻的另一詮釋吧！

我們自上舉作品來分析，在冥冥中似乎都含有「命運弄人」的影子。它那麼偶然的插手在人生的舞台上，使劇中人受盡煎熬，不知何去何從；或者非常沉重地挑著一副重擔，艱難地走到盡頭。

人生的枷鎖

——《掙扎》的主題探索

文學便是人生的斷面。沒有人生，便無文學可言。歷來探討《紅樓夢》的藝術價值者，大率就其語文造詣，人物描述或愛情的結局幾方面，來剖析探索，至於就「人生」這個觀點研究的，便不多見了。

事實上，曹雪芹所要告訴世人的，恐怕就是「人生」這個喜怒哀樂的大舞台，其春、夏、秋、冬的形形色色。他在啟發人們：「人生原來如此，閣下將何去何從呢？」故《紅樓夢》之為文也，雖瑣碎而不覺其瑣碎，雖平淡而不覺其平淡，雖散漫而不覺其散漫。因「句句看來皆是血，十年辛苦不尋常」是也。

衣洞的小說，到目前為止，共有十冊，他在〈關於郭衣洞小說全集〉一文中，有段話說：

我的小說不能暢銷，更主要的原因是，……一般小說上的男女主角，幾乎都是超人，或都是些反超人。我的男女主角，卻都一一平凡無奇，既沒有翩翩舞步，也沒有甜言蜜語，有的只是嘆息、呼喊、吶喊。我不會用我的心血去娛樂那些尋求消遣麻醉、或逃避現實的公子才女。我是藉故事提出我的困惑——「如何是好」的困惑。有時候我給它一個答案，但更多時候，我自己並不知道答案，或不能寫出答案，只能提出供讀者思量。

這段話說明了兩點。一是他的作品係心血之凝聚，二是寫作的目的，不在「娛樂讀者」，是為了一種更嚴謹的追求。追求者何？乃人生之答案耳。

當然，人生的答案，自有人類以來，不，自從人類有「思想」這東西以來，便在尋求。但不論是文學也好，歷史也好，鮮能提出一個人人首肯的答案、千古不易的答案。蓋時空太大，人心太繁，世相太雜，環境太廣；任何作家也難以體驗遍了，從而有所澈悟，寫出具體而踏實的解答。

我們先以《掙扎》這個集子來說。只看書名，已可知道作者的「立意」所在了。全書包括十二個短篇。首篇名為〈兀鷹〉。一開始便予人神秘、緊張和怪奇之感。人物只有兩位——鄭康和其山居的友人明聖。另外乃是兀鷹和小雞。單就其「設計」看來，便具有傑作的架構了。

山居原該是清靜的，但是住在山中的明聖，卻得不到。「但我的心一點都不安定，寂寞和孤單更增加我的不安定。我正在努力練習不去想，我已經逐漸的體驗到一個人如果沒有腦筋，或是有腦筋而能不去思想，或根本沒有思想，他該多麼快樂呀！」這是他的最大苦惱。他有位女朋友，而由於經濟窘迫，伊人已琵琶別抱。就是苦心飼養的幾隻小雞，也避免不了兀鷹的掠殺。

這是明聖的困惑和疑難。他發現「貪婪的人無不是勇敢的」。這是作者最深刻的發現。他寫出明聖的由疑而悟，由悟而「我似乎一天比一天順服」，因之而一籌莫展。至於鄭康，作者顯然想透過這位在城市中生活的人物，說明「盡信書，不如無書」的哲理；說明若是不加體察，必將蹈坐井觀天者的無知症。

而那兀鷹代表的，當然是世俗中的「強者」及「貪婪者」。在這個短篇中，以兩男、兩兀鷹的設計，表現了一場人間衝突所造成的不幸。那兩隻兀鷹的陰影，貫穿了全局。弱為強食，而「強」為貪所役，甚至為「貪」去冒生命之大險。

有了兀鷹，再加上寂寞和孤單的壓迫，於是，明聖乃渴望走出山中生活了。「我什麼事都可以做，只要不損害我的自尊心。」明聖認為以這樣的態度，去尋一份工作，應該是輕而易舉的事。

事實上，這位主角「明聖」的條件，在當今之社會上卻是太苛了。無論古今、無論中外，「自尊心」都是人類或萬物的奢侈品。因為「凡是有權可以傷害人類尊嚴的人，都正在有意或無意的推動這一行業，人們是逃不脫的。」況且，傷害人類尊嚴者，何止「人」呢？畜生、蚊蚋、毛蟲、兀鷹，無不有此可能。反抗之道，弱者美其名曰「忍耐」而已。

「忍耐」之外，或可稱之為「鎮定」。我有一友人焉，年已六十開外，體重徘徊於五十公斤上下，一日因事訪其鄉親於豪華別墅，主人尚未出迎，而所飼之特大狼犬先為肅客。兩隻前腿出乎意外的凌空而起，將雙腳架於我友兩肩，目光如炬，其口咻咻然，似作安全檢查狀。幸吾友久經風霜，饒具戰鬥經驗，知此時此際，唯有以不變應萬變，任狼犬左右查驗。俟其主人從容出現，大喝：「泰勒，下來。」乃得免於其難。友人並告：「此時我若有任何舉措，必將身負重創。我若舉左手，狼犬必咬左手；我若舉右手，必先咬右手。」

幸而他臨難不亂，未損毫髮。若驚慌失措，維護其「尊嚴」，豈堪想像哉！但是，人為犬所欺，「自尊心」之受到嚴重的傷害，自不必質疑。

更為意外的是，同樣事例，竟也發生在我的身上。地點卻移到太平洋彼岸的美邦。一日散步林蔭小道，忽有二如小牛狀之獵犬，向我圍攻，騰足於肩頭之上。我也只好以不變應萬變，等候犬主人來解圍。事後向彼抗議，則人犬均已閉門不出了。

職是之故，把傷害我們自尊心者，僅限於人類，還是太樂觀了些；倘限於有權威之輩，也未免太小覷了無權威者。蓋有人雖無權威，而自私特甚。凡自私之徒，那會把別人放在眼裡？早起出門，剛剛跨出大門，即有一摩托車由左而右，在人行道上急駛而來，剛剛將你的衣服掛一漏洞，撕下一角布料，並將腿上擦了一塊。再如倦極欲眠，忽然修紗門紗窗，或賣豬血糕之擴音器，自遠而近，以其稀有的單調噪音，聲聲入耳，強迫欣賞。我想也應歸之於傷害自尊心吧！

再如同樣去買車票，張姓婦人拿了一張紙條，售票員一瞥，隨即和顏悅色，遞出一張票來。但你隨後去買，那售票員卻面無表情的說：「賣完了。只有『自願無座』的票。」你覺得不公平吧！生氣的問：「他買就有，為什麼我買就沒有了呢？」通常那售票員是相應不理，甚至作鄙視狀，「枉顧左右而言他」去了。你除了自尊心被踐踏之外，有何良策呢？

類此事例，所在都是，難以備舉。我們唯一的反應，只是一個「忍」字。否則，將無所逃於天地之間。或者，正如〈兀鷹〉中的明聖所云：「你太容易胡思亂想，延年益壽的唯一方法就是不用腦筋。」而不用腦筋，果真就可以獲得快樂嗎？

在這裡，我們不妨說，唯兒童與白癡最快樂。一般人之快樂，尤其是一些物慾聲色之追逐，實乃「魚游於沸鼎之中，燕巢於飛影之上也」。這種無形的「枷鎖」，在衣洞的小說中，似乎經常被提示出來。很顯然，他有「走投無路」之困惑。透過男主角明聖看來，人生最大的枷鎖即是「思想」，因而努力不去想什麼事情。不過，他掙脫了麼？

於此，我們便想到同書中的〈進酒〉一篇，也有類似的困惑。故事中的「我」和「大維」在一起飲酒。大維說得更為沮喪：「人生，只是一種絕望的掙扎。」在他以大學教授的資格，當落魄失業之際，對酒有了新的體驗：

「至少在離別前夕，我要清醒。一盃高粱酒引著我站到跳板上，三盃、四盃高粱酒會使我覺得跳進溫泉；盃數逐漸的加多。這世界就只剩下我一個人，彷彿穿著很厚的衣服，在龐大的冰窖裡，自己溫暖自己。」

這個體驗當然比「酒不醉人人自醉」要深刻的多。而且大維又表示：

「人和豬實質上都是自己不能選擇什麼的。」

「鼓勵人忍耐下去的話是太多了。那些話不但給人一種希望，也給人一種信心。而人，是靠著希望和信心活下去的。」

沒想到「我與大維」之外，又碰到一位老友——在機關上班而晚上兼賣花生的人。這是社會上的另一種人物。為了生活，必須從事「兼差」的行業。

「我是低頭的，但是我不屈服。」這位兼業賣花生米的朋友，提示出自己的哲學。

而大維聽了，則表示異議：

「低頭就是屈服！」

而那位朋友，則提出另一種說詞：

「任何事情都要學習。學習認識，學習接受，這世界是艱難的。但只要知道幸與不幸只是一種比較，往溫暖地方想，煩悶就少的多了。」

這些談話，是大部分世人共有的困惑，共有的苦痛。平實中有無奈的嘆息。在人生的大舞台上，每個角色的演出，都非常吃力。

很遺憾，作者沒有書明寫作年月。就其描寫內容來看，至少應是三十五年以前——民國四十六年間——的生活背景。新台幣五角錢一個饅頭的時代，我們幾乎已記不起來了。現在的讀者來讀它，定然難以產生情節方面的共鳴。譬如說，連買包花生也要躊躇再三一事，目前的人是無法想像的。

不過，就文學藝術的欣賞而言，這些「情節」的距離，並非重要的關鍵。真正應該考慮的，乃是人物本身的心態、情感和人格的發揮。我們知道《紅樓夢》乃三百餘年前，一個貴族富家的瑣事，但無妨於它對有水準的讀者之感動力量。只要所寫人物的悲喜，完全出自心靈深處就行了。

衣洞小說中的人物，多為平凡的小公務員、落魄的知識分子，窮苦的小市民等。〈進酒〉、〈兀鷹〉的主角，即是代表之一。

如果以為他筆下的人物、情節，當今之世皆已消失，那是浮淺的觀察。無論何時，我們為生命掙扎，是無法逃避的。現在，生活上的安和樂利，當然已遠超往昔。一般大眾的情感生活，或許略勝一籌於過去。可是，如果稍作探究，即可發現：精神上的掙扎跟作者筆下的情景，也許相去幾希呢！

同樣的，在《掙扎》中的另一篇〈窄路〉，作者透過一個簡單的故事，凸顯出另一類艱困的生命。人物有四位：兩人為主，兩人為副。論職業一位是小學教師，一位是在馬來西亞經商有成的華僑，另一位是被解聘的小學教師，正想另謀棲枝。三人中兩人——韋召和蔚彬——在山村巧遇。前者原想去看望同窗好友隆青。不幸由於貧困、不善逢迎之故，隆青已然「死在整天為人洗衣服洗腫了手的他的妻子的懷抱裡了。」而他的妻子在唸書時是四川大學的校花。是為了愛慕他的學問而嫁給他的。

為什麼有此悲慘的命運呢？主要的是他不能同流合污，不肯像一般教師一樣，收學生的補習費。

這篇小說的時代背景，大概六十歲上下的人，都可以回想得出。在沒有實施九年義務教育之前，小學教師的「惡補」之風，是人人熟知的。為了升入「理想的初中」，即使「督學」之子，也要千方百計的拜託，參加「惡補」的族群。其為禍之烈，禍延之廣，已到了「難於想像」的地步。

就在七十四年元月的報紙上，曾刊佈出我國諾貝爾獎得主丁肇中先生的一段談話，指出我們的學生不誠實。早先，丁先生想招考兩位年輕學者，做為助手。結果發現，他們沒有誠懇的態度，「有些題目他們根本不明白，卻不願承認，而亂猜一通。」「教育」之糟，如此其甚。

我在中學、大學也濫竽三十餘年，早知道「不誠實」的毛病。但是，你能說出來嗎？如果你說學生不誠實，第一是「侮辱了我們的青年」，第二是「侮辱了我們的教育」，小心挨揍要緊。所謂「挨揍」，可不是說著玩的，君如不信，可以一試，便知我言不爽也！當然，你若也是諾貝爾獎得主例外。

或又曰：不少認真負責的師表，不是也有當選為優良教師的代表者乎？不是也在慶祝大會上，登台領獎，而獲得掌聲如雷乎？

誠然。但所謂「優良代表」者之「事跡」，通常是以「奴才」為本位者多。所謂「奴才」即必須「任勞」又「任怨」，一如「奴才」般的「服務」行為才行。如果你竟敢講「正義」、講「公理」，講學術，必激師生之怒；不僅不能當選「代表」，甚且有被「解聘」之憂呢！

作者所要凸顯的，大致在此；藉韋召之口，發揮了如下的抗議：

「隆青停留在書本上的社會裡，而我要他認清時代的特質。書把他的眼睛矇瞎了。他至死都不知道他的錯誤。一條狗都比他好。因為狗死了沒有給子女留下苦難。」

這段話至為悲憤，使我憶起故友詩人楊喚的話。他為了看一場勞軍免費電影，被火車輾死於台北市西門鬧區的平交道鐵軌上。他說：

這時有一群鵝大笑著從我身邊搖擺的走過。
我正在想，為什麼牠們會如此高興而不知道煩惱？
我聽見我的心告訴我只有愚蠢和無知才能使人快樂。

這是他題名〈童話〉中的詩句。衣洞當會完全同意吧？

你可以想像，〈窄路〉的結局定然是令人沮喪的。我們不是有「冤家路窄」的話嗎？

不過，這兒的所謂「窄路」似乎更為不幸。那位「不收補習費」的老師隆青去世之後，為了生活，他的女兒竟淪為倚門賣笑的族類。他的未亡人非常怨憤的說：

「我不知道馬來西亞的情形如何，但我知道我們活著的這個社會，沒有錢才是羞辱，而為娼才是高尚的，至少和別的職業一樣高尚。隆青在他的標竿上活著。他除了窮困外，沒有給我們什麼。」

這個故事和〈進酒〉的旨意，可說是殊途同歸的悲劇。〈進酒〉中的小職員，為了生活，上班之外，還得兼在晚上叫賣花生。他說：「我是低頭的，但我並不屈服。」其實，他已經「屈服」了。而〈窄路〉呢？不僅要低頭，不僅要屈服，甚至於要「屈辱」才得以活下去。現在，我們可聽聽韋召對隆青的譴責：

「他讀書讀得太多，書把他帶進牛角尖。書上告訴了他太多的做人的道理，像做人要有骨氣，要有正氣，要威武不能屈，要貧賤不能移等等。」

在公正和邪惡之間，對有良心的知識分子而言，那是雙重的枷鎖。前者是知識與真理加予他的，後者是愧疚與徬徨加予他的。古聖先賢中當然不乏那些義無反顧的偉人，而對於一些善良的人們，雙重的壓迫，雙重的枷鎖，似嫌太重了些。這是一項不公平的競爭，吃虧而受煎熬的，彷彿自有人類以來，永遠是這些堅守原則，遵循道義的人。

這就是衣洞的小說主題。這是使人「痛苦」和「沒什麼銷路」的原因吧！今之讀者，多不想去追求人生，也不想去掙脫枷鎖，更不想去努力生活。愛默生有言：「要有好讀者，才會有好書。」若然，小說之銷路不佳，又何足在意哉！

人生之枷鎖，原已不少，但如果加上「勢利」，則更為沉重了。〈窄路〉中的隆青，要「貧賤不能移，富貴不能淫，威武不能屈」，原已非常艱鉅；不幸，又不為身為部長的老友所賞識。「部長對他的冷淡，所有的人都知道了，沒有人敢挨他，也沒有人再推薦他。」這個錯綜複雜的勢利社會，才是真正讓你不能「為人」的根源。聽說部長對某人冷淡，餘人便要敬而遠之。實則，便是部長之下又之下的人冷淡你，也會讓那些「明哲保身」之輩的有心人士，紛紛走避呢！能掙脫此一枷鎖者，恐怕少之又少。而部長的枷鎖，可能更重！

就小說而言，似有「誇張」之痕。在遣字用詞方面，未能注意到全篇的色調與和諧。就如〈窄路〉，這當然是篇帶有向社會抗議性的作品。而「抗議」若出之以莊嚴和持重兩種精神，效果當更為佳善。韋召向蔚彬轉述，他去探訪老友劉隆青時，發現劉的女兒為了生活，竟已下海為娼了：

「她顯然的因為我是華僑而興奮，她愉快的坐在我身邊，一面喊她的母親端茶來，一面把那雪白而細嫩的面頰在我臉上摩擦著，一股撲鼻的異香把我弄迷了。我這時才想到一定是走錯地方了，走到私娼館裡去了。」

用這麼多文字，來敘述造訪的經過是不必要的。韋召以滿懷道義的熱誠，在臨走時留給隆青的遺眷三千美金，足以說明他們的私交，不同泛泛。既然如此，對不幸下海的友人之女，又何忍「細述」其嬌艷姿色呢？

幸而在平淡的描寫中，卻也有重重的一擊，造成了小說的震撼，那就是這家遺眷，竟然拒絕了三千美金的餽贈，所持的理由是：

「他們恨隆青，也恨隆青的朋友。」

這是作者筆下人物的嚴重抗議，對一切「枷鎖」的反擊，令人有拍案叫絕之喜。自然其中蘊含了太多的血淚和悲憤。人還是有「尊嚴」的，自然為數不多。

衣洞的小說，大體上著眼於人生的控訴、及抗議生命的悲哀與愚昧；以哲學的省思來安排小說的發展。我們在《掙扎》中，找到了另一個典型作品：〈火車上〉。

背景當然是火車。作者以第一人稱的手法，將我們帶進自王田返台北的車上。非常意外的，「我」一上車，偏偏就坐在一老者、一青年的對面。那青年有著鱷魚樣的眼珠，在無神的閃眨著。他說：

「我有很多錢，你再不要怕挨餓，也再不要怕繳不起房租啦。安得大廈千萬間，盡庇天下寒士盡歡顏。你做生意嗎？我先給你五噸黃金。真的，老天爺叫我發財，送給我一個聚寶盆。只要放進去一張十塊錢的鈔票，就會取之不盡，用之不竭。你再用不著去幹教員的了。」

愛默森於〈人，天生的改革者〉一文中說：「為什麼一個人要富有？……只因為缺少思想。」又說：「我們最初是因為沒有思想，所以才發現我們沒有錢。」錢之為物，對人最具迷思和諷刺魔力了。

讀了青年瘋子的話，我更不由自主的「顫慄」起來。短短數行，便是萬千悲痛的縮影。手法既經濟，又謹嚴。他指出，金錢的枷鎖，人們任憑如何努力，也難以掙脫。衣洞以非常樸實的手段，將一個精神病患者，介紹給讀者。觀察精細，頗有可取。在描寫之取樣上，也見功夫。「像鱷魚樣的眼珠，無神的閃眨著」的形容，尤其傳神，更見其遺詞的慎重，再如：

我發現那青年的樣子和常人不同，他頭上特別長的頭髮像蒿草一樣的亂，而且髒。臉上除了骨頭和皮膚，枯乾的再也沒有其他什麼了。雙手囚犯似的被一條粗糙的繩子緊緊的縛在胸前。但他仍可以輕鬆的用他那滿是泥垢的指甲，抓頭上的、脖子上的，甚至肚皮上的癢。

刻畫人物的功夫，自右引兩段表現出特色來。前者是直覺的印象，只是覺得「異乎常人」而已；到了後一段，因已引起「我」的注意，故照通常觀人的程序，一一描畫，算是工筆。至於這位患者的那段「獨白」，尤其傳神而逼真。你可明白，它是血淚交織而成的陳詞。

我曾有過類似的「奇遇」。那些患者，通常是非常「嚴肅」的，非常「執著」的。芸芸眾生，在彼輩視之，無非螻蟻之輩也。大多數是一邊走，一邊「念念有詞」，完全放浪於形骸之外。

接著，我們再聽這位青年的告白：

「我們要結婚了。她真漂亮，學識又好，一點也不愛虛榮。她並不是一定要嫁給那銀行經理的。她根本看不起他的錢，可是他可以送她出國呀。她每天晚上都要我唱一個歌——我的家在松花江上。你不能欺負她，禮堂佈置好了吧，她愛我，真的，她說過的，海枯石爛。」

你可以想像，這段「獨白」是為何「來」的。作者處理它的手法，簡勁有力，且具神秘感。但細心的讀者，自會聽出人物的悲泣。

不過，這篇小說中真正主角，卻不應是那個精神病患者。如果這麼認定，便上了作者障眼法的「當」了。他以一股暗流，來表達小說的真正意念，聲東而擊西。原來「我」的朋友旭東——擔任解送患者的人，才是更值得注意的主角。他與瘋子相處久了，反而羨慕起那些瘋子來了。因為，「如果我瘋了，悲慘的將只是我的妻子兒女，至於我自己，我可以化成蝴蝶，飛上霄漢；也可以化成帝王，頤指氣使。……一切正常人椎心泣血的痛苦，在一個瘋子看來，都不值得一顧。」所以旭東表示：

「瘋子是幸福的！」

甚至於說：

「我不會瘋的，但我恨我不會瘋。」

這是另一層次的枷鎖。瘋子好像是可憐的，但他總算是把人們加於他的枷鎖掙脫了，故而在精神上，他們是真正的自由人。不再為權勢、為金錢、為奸計所恐懼了——雖然，這種掙脫看來非常的不幸。

不過，所謂瘋子，作者似乎還有言外之意，那就是一切一廂情願的自大狂；一切「有我而不知有人」之輩，也包括在內。他們的心態在醫學上說，大概屬於正常、毫無毛病。若就其某些行為而言，和瘋子也許沒有兩樣。若就人格說，則就更等而下之了。

至於另一篇〈辭行〉，充滿了人世凄涼的氣氛。作者顯然想以「人在人情在，人沒人情亡」來詮釋無法開脫的生命枷鎖。在克文去世的週年忌辰上，生前好友華安和仲甫二人，因為即將到外埠謀食，特地前往墳地祭弔。只見墓碑已斜，黃土如流沙，已是一片荒蕪了。仲甫說：

「今天是你逝世一週年的日子，你會記得去年今日，你離開了人間。我和華安來到你墳前展拜，既為你悲哀，又同時為自身感慨。你死，有我們為你安葬，我們死時，卻不知道會有什麼情況。現在，你已經看到了，只有我和華安立在這裡。你的妻子和孩子，都沒有前來祭掃。我和華安不得不告訴你，英瑛在半年前已和別人結了婚，小文也帶了過去。我想環境不允許她再到故夫墳上，你應該原諒她。」

仲甫並且表示：

「你臨終時曾說出你的願望，想教小文長大後把你的遺骸運回大陸原籍，葬入祖塋。我不知道英瑛將來會不會把你的遺言告訴孩子……」

英瑛有沒有將遺言告訴孩子呢？答案已在前面。這位死去丈夫才半年，便攜同孩子改嫁的婦人，內心有其艱苦的歷程。她之所以如此，乃是一種掙脫。掙脫社會給予她的有形無形的枷鎖：

「困苦坎坷的遭遇可以使一個人更深刻的認識人生。我抱著孩子活活餓死，又有什麼意義呢？只便宜了那些在我們死後才是我們朋友的人。他會為我們的死出風頭，記者們也會訪問他們，……我們卻不甘於自己毀滅。我不是屈服，我是反叛。」

總之，衣洞小說中的人物，總是在掙扎，在抗議，在想如何自枷鎖中開脫自己。人物的血在淌，無怪乎讀這些作品的人，難以開心了。

而這也可以說是他的小說的一項特色。在〈辭行〉這個短篇中，作者採取了對比的安排。克文循規蹈矩，是一個好丈夫、好父親、好朋友、好國民。「但他赤條條的來，又赤條條的去。」結果呢？可能只是「別人的墊腳石一塊罷了」。英瑛的新任丈夫——周銘華，剛好是另一種典型。作者把他安排在戲院門口，帶了新婚不久的太太，也即克文的遺孀，去看電影。買的是黃牛票，因為「如果守法的話，不要說看不成電影，恐怕還會挨餓」。

公然為非法行為，當然是不足為訓的。但「合法掩護非法」者，比比皆是。而我們這班老實國民，便只有坐視、無能為力的分兒。任何黃牛票，均屬此類。任何口是心非的達官要人，更是此類的出色分子了。作者使用這個常見現象，來彰顯他的理念觀點，令我們有一吐為快之感。總之，我們的社會所形成的枷鎖，是值得重視的。

這篇小說似一幅「寂寞梧桐」的風景，令人有無限的憑弔。除了克文和其遺孀新嫁的丈夫形成對比外，華安、仲甫跟克文的另一班朋友，也形成對比。至於英瑛這位女子本身，則又有前後王（克文）太太及周（銘華）太太的對比，我們在閱讀之時，因而也「人不是機器，誰都免不了傷感」。華安和仲甫的對話，尤其發人省思：

「我們去哪裡？」

「不知道。」

這幾篇小說，將你帶進沉思的世界，帶進抗議的世界。作者以外表冷酷的筆致，卻表露了對人生充滿了探索和鞭策的熱情。如果以「消遣」或「追求刺激」的心情來閱讀，必將失望而返。

愛情的煎熬

——太聰明的戀愛都是不美的嗎？

如果以討論「愛情」的寫作字數而論，衣洞至少是排名較前的作家之一。很少有一位作家，對於愛情的詮釋，像他那麼嚴肅，那麼凜然，又那麼自各種角度、或通過諸多形式來闡釋其意義、禮讚其神聖的。

愛情和婚姻是人生的大事。在衣洞的作品中，特別強調其重要性。「一個人，過了四十歲而仍沒有成家，就和沒有墳墓的遊魂差不多。在陰氣森森的荒地裡隨風飄蕩，無歸無依。」這是《掙扎》內〈兀鷹〉裡明聖，一位單身男子的話。而所謂結了婚，當然是獲致愛情的另一名詞。沒有愛情的婚姻，這是衣洞所不能想像的。單身生活，沒有愛情的日子，其嚴重性與不可忍受，於此可見一斑。

但是，愛情之獲得，常常是一場激烈的搏鬥，就如《兇手》中〈等待〉裡的男主角陸韋。他跟玉珍相戀了兩年多，「超過海誓山盟」。不料突然之間，情況不對了。「陸韋站在巷口，身子緊靠著電線桿，一會兒墊起腳尖，一會兒徘徊幾步。他滿懷信心的一直凝視著四牌路那個方向。街道好像深邃的河床。行人和車輛好像無盡的魚群。陸韋的眼睛慢慢的發酸了，整整三個小時，每一分鐘都在煎熬中渡過。」還是不見她的人影。原來，在不知不覺中，玉珍已投入另外一個男人的懷抱中了。

作者對於這位傷心的失戀者，表示無限的同情：

愛神是一個最可怕的神，專門折磨對它崇拜的人。

這確是千古不易的定理。每一位癡情種子，注定要受它的擺佈。原本聰明伶俐、豪情萬丈的人，一下子變得呆若木雞，進退失據。中國的俗語云：「英雄氣短，兒女情長」，「情場常是英雄塚」是也。

但是，在旁觀者看來，這些「失戀者」簡直是可笑的丑角。在〈等待〉中，作者如此描寫：

在過去，他曾經無情的嘲笑過一些失戀的人，認為他們不能坦蕩蕩揚長而去，簡直是一種懦弱、沒有出息。也曾無情的嘲笑過，對變了心的女人仍捨不得的男人，簡直是沒有骨頭的軟骨動物。更無情的嘲笑過失戀的人，都是裝腔作勢……可是，現在，一件一件的都逼到自己眼前。

徐志摩說：「戀愛之所以為戀愛，就在於它之不能代替。」這話誠有至理。正因為不能「代替」，其痛苦便越不能解脫。尤其是那些「有計畫的擺脫手段」，失戀者根據「過去情況」來對業已背叛了的情人，更是一足掉在泥濘中，憂慮失措，只有挨打的分兒，而無還手的機會。或者如被困在陷阱中的禽獸，任圍觀的獵戶們指手畫腳、竊竊得意。小丑尚可博得「觀眾」一笑，至於那班失戀者，除為人們「嘲笑」外，可能還加之以「鄙夷」呢。

但是，一如〈等待〉中的陸韋，被拋棄的人，總是不信「伊人已經變心」的事實。「認為兩個人的愛情已進入像他們這樣的程度。是絕不會再發生變化的了。」不僅不怪罪伊人，而且不知覺醒；甚且更加懺悔、更加自責。甚至於到了玉珍把他的信件，全部無情的「拒收」退回，也還是喚不醒他的癡迷。試看這段描述：

……全是玉珍的筆跡，由兩個字（拒收）變成一個字（退）；由正楷變成草書，是同一時間寫的，也是同一時間擲回郵筒的。他小心翼翼翻看信件的背面，再小心翼翼的拆開，希望發現點什麼——很可能在裡面發現玉珍附裝的字條。玉珍也許這樣頑皮的逗他一下也不一定。可是等到所有的信件都拆完之後，他不得不承認他是想入非非了。……

這一段的心理描寫實在精彩，也實在悽慘。一切有過失戀經驗的人，大概都會有「不堪回首」之痛。利用你的癡情，而好整以暇的設計脫手者，往往不止一個人；大多數還有些父母兄姊之類的人為參謀群。你在明處，她在暗處。你是唯恐「傷害」或「誤解」了她；她則是深怕刺得你不夠狠，不夠毒。你是熱情如火，她已冷若冰霜。你是被動的盲目輸誠，她是主動的聲東擊西。你是忍氣吞聲，委曲求全；她是頤指氣使，吹毛求疵。你寫信時要字斟句酌，唯恐得咎；她是毫無顧慮，管你死活。你是下賤如奴，她是尊貴如后。你是孤軍奮鬥（如本篇陸韋之友人天祥所云：朋友不勸色。故即使有人勸解你，也未必接受）；她則是謀臣如雲。……一天一天的任其宰割。何者？蓋他的父母、長輩們，總有不少「豪傑」之士，年齡、閱歷，必長於你。為了保護女兒「安全」，通常採用逐漸脫離戰場策略，安全撤退。而你年既少於彼等，又無老謀深算之才；更因「愛」字弄昏了頭腦，故勝負之機，不卜可知。直到你遍體鱗傷，完全覺醒，彼則猶如《三國演義》中的諸葛亮，命士卒高呼「謝丞相箭」，滿載而歸了。

故愛情之煎熬，其痛之烈，直如凌遲。

故情變之憤怒，勢如江河，難於阻遏。

故失戀之沮喪，有若死灰，失魂落魄。

故盲戀之愚蠢，形同低能，無與倫比。

在種種屈辱之後，一旦了悟，乃知人為刀俎，我竟魚肉也，豈可吃此大悶棍，而善罷甘休乎？故作者認為：

男女之間的事，如果愛情破裂，友誼便根本無法保持。這就是說，還不如從不相識。

但是，〈等待〉中的陸韋，比較強韌。他選擇了另一條報復的路子，不數年間，功成名就。向之見棄於情人玉珍者，今可棄玉珍若敝屣矣！向之為玉珍羞辱者，今則反其道而行之矣。就讀者心理而言，陸韋的結局，是令人滿意的。不過，若以小說藝術而論，如此「扯平」的結局，就不夠感人心肺了。

我們最欣賞的是作者描述陸韋被騙，反而更加自責的心態：

陸韋開始自己責備自己，他認為他有充分的理由應受責備的。他不該當著那麼多的陌生人，強迫玉珍跟著他走。他並不是她的丈夫。即令是她的丈夫，也不能如此。玉珍如果稍微有點自尊，她是應該如此對待自己的。他要向她謝罪，乞求她的責罵。人，總是有見面之情的，更何況是一對有長久相愛歷程的情侶呢？他要向她提起夕陽道旁的依偎，向她提起他扶她騎腳踏車的情形，向她提起怎樣密商著擺脫何寶楨——那窮學生的經過了。……一樁樁，一件件，他必須喚起她溫馨的回憶。……

這是最著力的部分。這種自責是所有癡情人的共同反應。從字裡行間細找，便可發現當事人在忍受著怎樣的煎熬。

不只如此，在一切戀愛行為中，作者認為：「那五年過的是痛苦的日子，真正戀愛往往是痛苦的。」(〈兀鷹〉，《掙扎》中一個短篇)我們也許可以說，沒有痛苦，便也沒有戀愛。

在〈拱橋〉(《秘密》中一個短篇)中，作者更指出：

雖然有很多人，嚴厲的指出一見傾心的危險，但事實上，真正的愛情，差不多都屬於一見傾心，由第一印象開始的。

〈拱橋〉的故事是師生之戀。我知道作者從事教書工作甚久，閱歷頗深。對於年輕女孩子的瞭解，相當熟稔。盧明偉是王乃珊的家庭教師。沒有想到兩人竟陷入情網了。不幸盧明偉沒有輝煌的學歷，又沒有足以相匹的財富。這種客觀上的懸殊，注定是不為女方的父母所接受的。正如她的父執輩柏泉預料：「假如你僅和總經理的千金玩玩，那即是說，泛泛的跟她所有別的朋友一樣，我是贊成的。但如果你沒有適可而止的智慧，竟愛上了她，那就非常危險了。」果不出所料，他既遭開革，復為人所痛揍，傷了膝蓋骨。十多年後，乃珊成為有名的女教授，嫁得金龜婿；而這位盧明偉卻在飽經滄桑之後，再返母校，竟成為乃珊的學生了。不過，物是人非，一切已今非昔比。他只能在心中黯然低語：

親愛的，那是妳告訴我的，我們相愛到海枯石爛！

任何過來人都可以證明，海枯石爛的誓言，比最薄的玻璃，還經不起碰撞。盧明偉僅是萬千中的一個失戀者而已。天下幾乎找不到第二件事比追求愛情更痛苦。已經進入中年的盧明偉除了「落寞的淚珠」以外，還能有什麼呢？

基本上，作者筆下的愛情故事，總是充滿了辛酸和寂寞，挫折與煎熬。

然而真正的愛情當真是由一見傾心開始嗎？問題出在「一見」上面。所謂「一見」不應泛指視覺上的「見」，真正該強調的應是「心靈上的見」。有人經由書信的往來，建立了濃厚的感情；也有人由於歌聲或文學寫作，而定百年之好的。品德上的仰慕，才華方面的吸引，最具魔力。或者相識雖久，但不經過一兩次單獨傾談，也還是不易播下愛情的種子。語言、文字、藝術等方面的吸引，應該更不可忽視。要知道「心心相印」的感情，才能談到篤厚和堅定。只憑外貌上的欣賞，恐怕還是在起點，不夠力量。所謂「人之相知，貴相知心」。而心是最不易佔有或掠奪了的。

一般言之，小說中的男主角，通常是為對方的豔麗而首先投降的；特別是肉體的誘惑，如：

一會兒，乃珊像水晶人兒一樣的出現了。雪白的發著光亮的緞子緊身上衣和寬大的同顏色的摺裙。……（〈拱橋〉，《秘密》中一個短篇）

政芬那麼美。世信一想到政芬的美，便覺得有一種不可忍耐的衝動。……再一想到政芬那風都可以吹破的雙靨，那被神筆描出來的瓜子模樣的面龐，他就忽然明白李士淳為什麼要瘋的了。（《曠野》）

女主角在前台登場了。化妝後的汾玲，更是動人。她關切的撫弄著男主角的鬢角；……在女學生的短裝裡，更顯得她身材豐滿。……她發現她的老師的眼睛，正呆瓜似的跟著自己轉。（〈大青石〉，《兇手》中一個短篇）

這一取材原則，頗有值得商榷之處。美貌固然令人心動。所謂「紅顏自古多薄命，好夢由來最易醒」，自古已然。但姿色平庸之輩，出任愛情事件主人翁，正合乎「情之所鍾，正在我輩」的常態。才子佳人固多感人事，凡夫庸婦，亦未必沒有刻骨相思之情呢！

在〈拱橋〉這個短篇中，作者再度強調：

愛情和黃河堤岸一樣，一旦決口，洶湧澎湃，一瀉千里，任憑誰都阻擋不住。尤其是在一個女孩子主動的一往情深的情況之下，男人會像一隻被濃烈花香誘引著的蜜蜂，不管死活，只管拚命鼓動雙翅飛過去。

但過激的行動，結局悲慘的居多。「過程」更具震撼性。〈拱橋〉的男主角明偉乃其一。

也可以說，作者筆下的愛情，多為激烈的悲劇，如《兇手》中的〈陷阱〉。王家康和婉華原是熱戀中的情侶。可是，命運之神卻不照應他們。在軍閥籠罩之下的上海，特務橫行。一個名叫錢國林的偵察人員，垂涎婉華的美色，遂毒狠的設下陷阱，誣指王家康密告婉華是革命黨；然後計誘家康承認誣告之罪，嚴刑拷打，右腳因而傷跛成殘，還坐了五年的監獄。他的情人婉華，則在他入獄之後不久，便為錢國林霸佔、計誘，兩人結婚了。軍閥是可惡的。愛情，在橫暴的力量下，成為最悲慘的下場。

但作者為了展示出「愛情」的力量；在三十年後，約莫一萬個日子之後，讓我們聽到家康感慨的說：

> 這不是悲劇。悲劇的主角在劇終之後，都回到各人溫暖的家裡去了。而我，我卻回到冷冰冰的社會。……我的右腳是永遠的殘廢了。悄悄地，也是無可奈何的，我離開了上海。浪跡天涯海角，希望忘記這些羞辱。希望心靈上的窒息得到解脫。然而，這是徒然……起先，我還壓制這記憶，排除這記憶。可是，到

後來，我不再克制自己了。我還能在人世上活幾日呢？讓這斷雲殘夢，作我這風燭殘年唯一的慰藉吧！

這是愛情的執著。傷痕太深了，即使三十年之久，也無法忘記。這當然是驚人的折磨。

而對三十年後的人物，作者有更突出的描述：

老人用顫抖的手，在貼衣口袋裡摸索，摸出一縷細長的烏絲，捧到他那肋骨嶙峋的胸前握著。

「婉華！」他閉上雙目，喃喃的說，「妳要是還在，頭髮也白了吧！」

故作者所寫的愛情，多為以生命完成的愛情。家康的生命毀於愛情，也支持於愛情。他的煎熬，令人肅然起敬。

有人會提出：「天涯何處無芳草。」為一種情愛而落拓一生，豈非大愚之至嗎？此想固然。天下芸芸，多數人即以此觀點，度其愛情生活、婚姻生活。他們將愛情視為人生的點綴，視為買賣之一種，視為無聊的口號，甚至視為名公子、名騷客的裝飾，從不探討，也從不正視。

假如視愛情如兒戲，則此等人對何事何人有犧牲奉獻之精神呢？

在〈兇手〉一篇中作者有段形容陳文生的話：

「我的生活雖然苦，」最後，我的同房說，「但我卻是天下最快樂的人。」

……

又有一段描述文生：

將近十年的沉重負擔，使他只有利用晚上的時間，到郊區一家補習班為人授課，來增加收入。每天他都要遲到夜十一點十二點才能回來。睡眠不足加上營養不良，使他逐漸衰老。最後，更加上他只有那一襲單薄的衣服。就在訂婚不久，他的左邊半個身子染上無情的麻痺。醫生警告他，如果不趕快治療，右半邊身子也會受到影響。他聽從醫生的警告，但它肉體上的痛苦並沒有牽連到他的心情；他那麼瘦削的臉上，永遠堆著開朗的笑。兩隻眼睛含蘊著英俊的光彩。我看出他是一個熱情豪邁，不拘細節的人。可是，我不喜歡他。

陳文生是〈兇手〉中的男主角。「我」是第一人稱的作者。任何窮困、疾病都不能使陳文生沮喪，因他有「美滿」的愛情。而「我」則被嫉妒之火燃燒著了。

可是，一旦愛情離開了陳文生，他的情況就馬上大變了：

他……像一條喪家狗似的蜷臥在那裡，沒有呻吟，沒有咆哮，……直到了很久很久之後，回想起來，我才知道一開始的時候，他的精神已到了崩潰的邊緣，他讓痛苦啃噬著他的心，勉強的壓制著不表露出來，卻使那痛苦爆炸出來的時候，更為猛烈。

可以說，作者筆下的人物，絕大多數受不了愛情失敗的打擊。〈兇手〉中陳文生最後便為失戀自殺了。文生的多年戀人玉清，十多年中一直靠他為生。在學業告一段落之後，卻拋棄了文生。故事曲折動人，而其主旨則在暗示：「天下沒有不變心的女人，除非她沒有碰到對她絕對有利的機會。」

職是之故，愛情之花必須時刻灌溉，以免枯萎。

「不斷灌溉愛情」理論上並無錯誤。而「天下沒有不變心的女人」一語，似乎過分渲染了女性的不穩。人畢竟是高等動物，彼此遇合，總有其心靈上吸引之資質。不可能今年與某甲投契，明年又與某乙墜入情網。尤其是在現代工業社會中，彼此儘管忙於事物的接觸，但卻極難有心靈的溝通。「變心」雖有意，卻未必有機緣。故所謂「變心」，或然率並不太多呢！

再說，人類究非一般生物。兩性之結合，自有其標準和選擇。「弱水三千，我只取一瓢飲」，也為人類的天性之一。賈寶玉雖然勉強和薛寶釵結了婚，並未真的移愛於她。就「愛情之戰」而言，真正的勝利者仍是林妹妹。更有一些專家指出，寶釵雖然結了婚，但一生並未有實質的夫妻關係。這是根據前八十四回中的伏線而推論的。寶釵在第二十二回中有謎云：

朝罷誰攜兩袖煙，琴邊衾裡總無緣。曉籌不用雞人報，五夜無煩侍女添。焦首朝朝還暮暮，煎心日日復年年。光陰荏苒須再惜，風雨陰晴任變遷。

故高鶚所續的寶玉和寶釵的情節，還挨了不少罵呢！

而且，對於愛情的震撼，也因人而異。「一見鍾情」一詞之創立，即說明了「情」之固執與堅強。「蠟炬成灰淚始乾，春蠶到死絲方盡」、「恨不相逢未嫁時，還君明珠雙淚垂」，都是情之難移的鐵證。人心如白紙，情感如明鏡。縱然更易，已非當初。幸與不幸，正是此意。

且所謂「變心」云者，甚難觀察。名為夫婦，實乃陌路；或名雖陌路，而情逾金石。若此則謂之「變心」否耶？

《兇手》中的〈西吉嶼〉這個短篇，手法經濟俐落。寫一對情愛篤厚的戀人，由於「窮」，不能締結鴛盟。作者有幾句非常激動的話，藉主角華桐的口中如此控訴：

「金先生，」華桐瘋狂的抓住老頭子的領口，「一個人的感情，是不是到了只認識錢的地步，才算成熟。」

婚姻和愛情，常是金錢手下的敗兵。於是他的情人——梅素，在傳統的教育下，只能溫順的曲從家人，在船上自殺了。

華桐去救梅素。「我要跳海，我相信我能游到西吉嶼去。即令游不到，我也要和她死在一起。」愛與死，永遠糾纏在一起。這是作者筆下的愛情精神。

這一精神，和西方人對愛情和婚姻的處理，顯然不同。西方人對此，多數採取的是「好聚好散」，所謂「君子絕交，不出惡言」是也。他們的愛情觀，正是西方民主精神的呈現。雷根和孟代爾之總統選舉戰，孟代爾失敗了，馬上致電雷根，承認失敗，並且擁護雷根，領導國家，絕無「不合作」的情事。同樣的也表現於處理其婚姻與愛情。意見不合而勞燕分飛，彼此互祝對方，再次得到美滿的幸福。「統合」是情感的活動，「離異」乃理智的處理，這種風氣無疑是西方人情感的態度。它減少了許多不幸事件，使當事人得以另求一段旅程，不致久陷不起，也勇於且坦然地追尋新的愛情。毫無疑問，這是超脫而瀟灑的胸襟。當然，這種情感教育，有其特殊的文化背景。

而這種精神，是我們東方人所不能理解，也難於接受的。

作者所強調的愛情或婚姻，乃是肉體與精神的互相佔有，有「永不分離」的事實。在〈兇手〉一篇中，他藉一個寫假信者口氣，譴責一些口是心非的薄倖女子：

他把那已被他捏成一團的信遞給我，用不著看，我當然知道信上寫的是什麼，因為那是我的傑作。……在那信上，我用他未婚妻的口氣，婉轉的告訴他，她已離他而去。請他不要想她，因為，她比他還要難過。她從沒有愛過他，勉強在一起徒增雙方面的痛苦。——這些話，是女人拋棄男人時最普通的術語和公式，我不過順手拈來套用一下罷了。……

這是形形色色「變心的女人」的結論。也就是說，任何「分離」，都是「二心者」的機巧說詞，卑鄙已極。

作者大概非常厭惡此一模式的變心女人。百分之百的男人對此，也將憤慨萬分。問題是：縱然「睚眦具裂」又能如之何？此「心」已去，早已駟馬難追了。西方人的「相互祝福」，無寧是最佳的告別和結束。倘然果有「峰迴路轉」之日，則這種「祝福」，正是一個伏筆。

故作者所謂之「愛情」，乃生死不渝的精神。《兇手》中的〈西吉嶼〉即為代表之一。梅素自殺了，而輪船又觸了礁。但是「華桐抱著梅素的屍首爬上甲板。他迅速的把自己脫光，只留下一條短褲。」然後，「他重新振起精神——卻沒有力氣了。他指揮不動他的四肢，渴望清醒，卻不能清醒。眼睛怎麼都睜不開，像一條扔進油鍋裡的龍蝦。他感到海水要把他煎焦了。每一個毛孔都像刺進一把鋼針，他發現他真的要死了。死得那麼好，他想，死該是多麼舒適。……」終於華桐與他的情人梅素，一同走往永恆的安息去了。

就愛情人格而言，華桐和梅素之戀，應是最好的悲劇典型。作者展開故事的技巧，曲折起伏，頗見功力。他對主題的表現，安排「觸礁」一件事以襯托「生死戀」的背景，更加重了震撼力。

另一篇〈跟蹤者〉寫一位和妻子玉瑤失散、而陷身囹圄的人——四維，在老、病之際，仍心懸過去的妻、兒。作者以「突然失蹤」來暗示夫妻失散的過程。有一段描述，也可說明作者的愛情觀：

在牢房裡，每逢不能忍受的時候，妳的愛，孩子天真的笑臉，就浮到我的眼前。一想到你們母子望眼欲穿，日夜盼我歸來的情形，我知道我必須活下去。他們不允許我寫信。我想妳以為我死了。我逃走過兩次，結果都被捉回去。一條腿被鐵槓子打斷，一個肺被毆傷。

愛情和災難，似乎常是孿生兄弟。作者使兩者並存於一個舞台上，乃愈見其悲劇的嚴肅和光輝。他自各個角度闡釋了愛情的內涵與實質。沒有愛的生活，乃是不堪想像的痛苦。有了愛，便是再大的痛苦，亦可昇華為希望和安適。

而描寫纏綿悱惻的愛情，最為淋漓盡致的〈約會〉（《兇手》中一個短篇）為代表作之一。達生在三十年後，為尋舊夢，搭機返抵舊遊之地。作者以倒敘的方式，展示達生不渝的戀情。全文約三萬五千言，將一位癡情人的戀情，表現得澎湃如潮。他忍受著變心女子的冷落，忍受著思念的折磨，忍受著期待的痛苦，忍受著不能解脫的辛酸，忍受著褪色愛情的煎熬。達生由於和貽紅一起看了一部〈男女心〉的電影而「跳進一個新的世界」；也由於單獨再在同一地點看電影結束了故事。有一段寫達生的文字，非常的淒涼：

他決定坐公共汽車。在最後一段歲月裡，他都是坐公共汽車前往的。那時候，她正在疏遠他，並向他說出種種公式的話。她說：「為了你的幸福，為了你的前途，我們還是離開吧！」又說：「我寧願自己流淚，也不敢自私來愛你。達生！不要利用我不能堅持的弱點再找我了。」達生沒有怨尤，千萬種痛苦化作淡淡的一笑。太聰明的戀愛都是不美的。她太聰明了。他只有在天色很晚之後，悄悄的來到她家門之前，隔著窗子，向她那偶爾在燈光下出現的倩影，怯怯的窺上一瞥。

一位薄情人和一位癡心漢子的風貌，在短短的兩百餘字的描述中，完全而尖銳地作了對比的刻畫。文字的技術，可圈可點。認為這種銘心刻骨的故事，全由客觀的觀察所得，恐怕不易，應係主觀的經驗回憶吧？寫人物心態和動作，均達入木三分之境了。

在這段簡短的文字中，作者更提出了他深刻的戀愛見解。他指出：太聰明的戀愛都是不美的。自然，此處的「聰明」是別具解釋的，應該是「功利主義者」的別名。在情感行為中，尤其打得最精，以不吃虧為最上宗旨。諸如你曾為我蓋棉被兩次，則我為你不可超過相等的數字。你對我的親人只接待兩天，我豈為你的親戚有三天侍陪？我既已掌廚矣，則洗碗善後的事，則非君莫屬也。「愛情之神」若與上述聰明人遭遇，料必大敗歸營，自怨自嘆了。

作者之著意刻寫達生，其重點當在於他的「癡」。「癡」者「聰明」之反面也。而達生之癡，則更有出人想像者，他對自己的煎熬，不只欣然接受，甚至於還想期待來生。情之一字，未免太難解釋了：

達生心裡喊：他已經覺察出自己的情形不太好。對於死，他沒有任何畏懼，甚至於他倒盼望著死。盼望著早入輪迴，盼望著來生和貽紅重訂姻緣。他愛她，也恨她。然而他原諒她。他願拋棄一切，只要能再把她抱到懷裡。佛教是講投胎再生的啊！他暗信著它的真實。他要進到那陰風颯颯的奈河橋上，尋找她的幽靈。

這是典型的東方浪漫主義者，是典型的癡情種子。上蒼未免太不公平了，何以讓癡情種子，如此的受苦受難！

國家圖書館出版品預行編目資料

國家不幸詩家幸／黃守誠著 . -- 初版 . -- 臺
北市；遠流，2003〔民92〕
面；　公分

ISBN 957-32-5057-8（平裝）

1. 柏楊 – 作品評論

848.6　　　　　　　　92016627

柏楊全集・第12冊・詩卷

柏楊詩

柏楊將近十年的牢獄生涯，可說生不如死，除了女兒佳佳是他堅持活下去的動力以外，進入浩瀚的史籍，在歷史的進程中尋找成敗興亡的複雜因素，探索人心人性的變與不變，對他來說，應是漫長苦痛歲月的一種寄託。此外，無可置疑的，詩的寫作必然是一種心理的治療，在珠聯玉綴的過程中抒放愁怨，省思個人與家國的千絲萬縷之糾葛，生命之大悲苦乃化成血淚詩篇，扣人心弦。

一九七七年，柏楊欲出版其獄中詩抄而未果，四、五年後才得以問世，再經十年而突然膺選為國際桂冠詩人，這遲來的肯定，令人驚喜，柏楊雖無法出席領獎，由妻子張香華代領並代讀致詞〈詩人的祈福〉，文中把詩人與時代環境的關係，作了極深刻的闡發，發人深省。對於了解柏楊的詩，頗有助益。同年（一九九二），《柏楊詩抄》增訂再版，今加入出獄後十二首為「後輯」，易名「柏楊詩」，收入《全集》之中。

柏楊的詩其實不多，含詞在內大約六十餘首，在舊體式微而新體風行的情況下，柏楊的舊詩顯得特別值得注意，他直接間接宣洩冤氣，結合耳聞目見，顯影獄中風景，從台北三張犁調查監獄到綠島國防部感訓監獄，從入到出，盡是磨難。這些詩寫盡了柏楊生命史中最悲慘的一部份，尤其是在綠島時期，從〈我來綠島〉、〈我在綠島〉到〈我離綠島〉，一字一句皆是血淚，今日讀來，仍然深覺驚駭。

柏楊全集・第12冊・小說卷

祕密

「人生中最惆悵難遣的莫過於愛情」，這是本集作者序言中的一句話，這樣的人生觀察，正是柏楊在五、六〇年代集中全力以小說去探索愛情的主因。

《祕密》（一九六五）收十篇小說，其中有八篇寫愛情，「沒有一樁愛情不是一樁悲劇」，都與金錢息息相關，讀來令人不勝唏噓。其中〈峽谷〉涉及一樁愛情謀殺，充滿詭詐；〈祕密〉是愛情的試驗，對拜金主義者強烈嘲諷；〈龍眼粥〉寫前世今生之愛，有靈異色彩；〈沉船〉寫一個幫助妻子成名最後失去妻子的痛苦；〈窗前〉中男的是愛情的理想主義，女的是拜金而且現實，結果當然可想而知了；〈結〉寫上一代的情愛糾葛，有由愛生恨的過程；〈蓮〉是一場靈肉之爭，寫出污泥而不染的崇高愛情；〈拱橋〉也是一齣愛情悲劇，造化弄人，充滿無奈。另外兩篇〈強水街〉亦涉鬼魂，處理死去的小孩救父的故事；〈塑像〉寫一位母親對於死在南洋的兒子那種深沉的痛苦。

貧窮常是這些故事之所以成為悲劇的主要原因，這是柏楊一個非常重要的觀點，其所舖敘，相當程度反映出寫作時的社會背景。

柏楊全集・第12冊・小說卷

莎羅冷

《莎羅冷》是一篇九萬餘言的長篇小說，描述一對年輕夫妻（敘述者我和薇薇），來到龍水塘，揭發了四十年前發生在莎羅冷島的一樁謀殺案件。小說中薇薇是關鍵性的人物，由於她的易感纖細，使得為他治病的葛醫師在發現自己的惡行被馬昌明及薇薇夫妻揭發後，坦承自己在四十年前為了和舊愛美琪在一起，設計將美琪的丈夫害死，而他的愛人卻為了救自己的丈夫亦命喪黃泉。葛醫師在道出這個陳封已久的往事後，作者安排了同樣發生在莎羅冷島的船難，葛醫師為了救人而作了最後的救贖，薇薇也在這一次的救難行動中喪生，結束了整個故事。

柏楊在序文中說到：「沒有愛情的人生是一種浪費，太多愛情的人生是一種災難，愛心越重，痛苦也越深。在愛情的領域中，任何行為，都是可歌可泣的——甚至包括詭詐。」顯然，對於葛醫生的行為，柏楊並沒有太大的責難，因為他有懺悔，以默默行醫來贖罪，「啊，我已等了四十年，等那責罰的巨手」，他終究還是付出代價的，這樣的懲罰並不算輕。

柏楊全集・第13冊・小說卷

曠野

《曠野》是一部約三十萬字的長篇小說，裡面有五、六個故事在連貫中又能夠各自獨立，男女主角也不限於只有一個。在〈我和《曠野》〉這篇文章中，柏楊交代了《曠野》形成的過程。他說這部小說是他的朋友戴瑞生和文蘭華夫婦告訴他的一個真實故事，原本想再請兩位更深入地敘述，但終不能如願，於是柏楊靠著記憶完成了這部作品。故事從岳政芬因家人的反對，和在國外的男友李士淳提出分手的要求，造成癡情的士淳因此而發瘋展開。政芬在得知士淳生病的消息，在幾番掙扎後，答應士淳的家人協助他復原。經過一段時間的復健，士淳的病果然有了起色，然而卻在他們兩人結婚的那天，士淳又再度發病。

除了主線政芬與士淳的愛情外，還有許多男男女女的戀情穿插其中，呈現出各種不同的愛情觀，整部作品以愛情為主，有很強的悲劇性。

柏楊全集・第13冊・小說卷

掙扎

《掙扎》共十二篇，柏楊以不同的人物與場景，探討人生痛苦的根源。換言之，也是以呈現人生的悲劇性為主題。在序文中他說：「沒有經過長夜痛哭，不會了解人生；個人的悲劇由於個性，社會的悲劇由於時代。」像〈平衡〉中的姜隆、〈辭行〉中的克文，都是正派奉公守法的人，卻因此而讓生活陷入困頓，最後貧窮的壓力葬送了他們的生命。至於〈路碑〉中的李永平，為了籌措區區的三十八元為待產的妻子買止血劑，卻因不可得而自我了結，留下了兩個呦呦待哺的幼子。類似的悲劇也發生在〈一葉〉的魏成、〈火車上〉的瘋子、〈進酒〉的大維等人的身上。從個人延展至社會，對於人生的悲劇來源，柏楊在一篇篇短篇小說中呈顯出來。

對於那些使人陷於困境的人，柏楊道出了他心中的憤怒：「那些使人陷於絕境和絕望，而又不准人掙扎，其甚還責備掙扎的人，應受到嚴厲的譴責。」相對的，「掙扎……應受到最大的尊敬」(〈序〉)，就像是〈兀鷹〉中的明聖說的：「我什麼事情都能做，只要不損害我的自尊心。」重視人性尊嚴，柏楊一路走來，始終如一。

柏楊全集・第14冊・小說卷

怒航

《怒航》共十二篇，以發掘人性為主要內容，對於人性的善惡有相當深刻的探索。關於惡，柏楊以為：「大半苦難來自人類自身，人的最大罪惡，似乎不在於姦淫燒殺，而在於愚昧自私，多少悲劇和慘劇都由此而生。」(〈序〉) 像是〈七星山〉中愛搬弄是非的齊桂芳；〈周琴〉中驕傲自私的周琴；〈隆格〉中只顧自己不顧他人的莉芙；〈重逢〉中背叛丈夫的玲華等。除了惡之外，對於善，柏楊也從悲劇中展現了人性光輝的一面，像是〈微笑〉中玉珍的丈夫，雖然家境貧困，但還是勉力幫助王有德一家人。

關於本書的評價，李爾康先生說：「如有一本書發掘人性的善惡，讓我們對人性在本質上有所認識，確是十分渴望與需要。」(〈人性的發掘——讀《怒航》〉，原載一九六四年八月十四日《中央日報》) 柏楊自己則說：「我非常抱歉，這本集子裡的小說，沒有最流行的男女調情談愛的描寫，也沒有故事新編式的美妙對話。但我愛它，因它不僅是一個悲和憤的理想，也是一個悲和憤的實踐。」(〈序〉) 正呼應著孤雁雖中箭卻仍滴血怒飛的人生情境。

柏楊全集·第14冊·小說卷

天涯故事

《天涯故事》原名《周彼得的故事》(台北，復興書局，一九五七)，是柏楊小說系列中唯一的童話，全書共十五個短篇，雖各自獨立，但彼此間又互有相關。據柏楊說，這些篇章是以他小時候看到過的一些希臘民間故事為骨幹，再賦予血肉而成的童話故事。包括天帝周彼得及希臘神話中的諸神，如雅典娜、維納斯、邱必特等等。雖然是兒童文學的形式，但柏楊希望：「它不徒供兒童們消遣，而更成為一部成人也能享受的文學作品。」「因為每一篇美麗的童話，都是人性善良和寬厚的祝福，值得永久懷念。」

柏楊寫童話，不只是說故事，他在舖敘的過程中提示了要旨，協助兒童來領悟神話的寓意，更重要的他有生動的文筆，不論事件或場景都寫得扣人心弦。

復興版原書有插圖，星光重印時就去掉了，特此說明。

柏楊全集·第14冊·小說卷

凶手

《凶手》共十二篇，寫於一九五〇年前後，是柏楊寫作生涯中最早的創作。愛與恨貫穿全書，他在序文中說：「恨如果建築在愛——不自私的愛上，恨就跟愛一樣的美。只是，誰能把握這個分際呢？悲劇就在這分際上發生。」在柏楊筆下由愛恨延伸出的故事，特別重視這分際，而往往結局都是以悲劇收場。〈陷阱〉中的家康，為了援救被指控為共產黨的女友婉華，自己卻成了階下囚，而婉華竟在他入獄後成了他人婦，家康對她的恨顯然是不可言喻。〈等待〉中陸章和玉珍先後為愛折磨，甚至由愛生恨。此外，還有因不可抗拒的命運釀成的悲劇，如〈旅途〉，〈大青石〉以及〈跟蹤者〉等篇。在愛情以外也有動人的親情，像是〈臥軌〉中的母女情深；〈一束花〉則在靈異中滿含孝心。

本書中另有一篇非常特別的〈夜掠〉，寫一個青春漸褪的女性為滿足性的渴望所進行的一場冒險，有極深沉、細膩的心理刻畫。